검은 고양이 다홍

박수홍 & 박다홍 지음

HUDDLING BOOKS

프롤로그

어둠은 순식간에 찾아온다

한때는 내가 눈부시게 밝은 빛에 둘러싸여 있다고 생각했다. 어린 나이부터 시작한 일은 큰 어려움 없이 순항 중이었고, 주변에는 나를 좋아하는 사람들이 있어 외로울 틈이 없었다. 게다가 언제나 내 뒤에서 든든한 버팀목이 되어주는 가족들까지 있으니 참으로 축복받은, 행복한 인생이라 여겼다. 적어도 나는 그렇게 믿었다.

하지만 나를 지탱해주던 모든 것이 허상임을 깨달았을 때, 나를 감싸고 있던 빛은 어디론가 사라지고 짙은 어둠이 그 자리를 대신 차지했다. 마치 끝이 보이지 않는 어두운 터널 속에 갇힌 것만 같았다.

시시때때로 찾아오는 외로움과 절망에서 벗어나고 싶어 발버둥을 쳐도 소용없었다. 하루하루가 괴롭고 힘들어서 숨조차 제대로 쉴 수 없었다. 몸속의 피가 모조리 빠져나가는 것만 같았다.

타오르는 분노에 휩싸여 미친 사람처럼 악을 쓰고 하염없이 눈물을 쏟아내기도 했지만, 그럴수록 점점 더 깊은 나락으로 빠질 뿐이었다. 사랑하는 이들에게 베풀었던 나의 선의가 내 인생에서 유일한 후회와 아픔으로 다가오리라고는 상상도 하지 못했다. 그 순진함이, 이루 말할 수 없는 그 나약함이 나를 지옥으로 밀어 넣었다.

더는 버티기 힘들었다. 차라리 모든 것을 포기하면 이 고통이 끝날까? 정체를 알 수 없는 무언가가 내 발끝을 타고 올라왔다. 서늘하면서도 찐득한 그것은 지친 나를 집어삼킬 것만 같았다.

이제는 사람이 싫다. 모든 것을 끝내고 싶다.

이러한 생각들로 머릿속이 가득하던 바로 그때, 손끝에 따뜻한 체온이 느껴졌다.

행운을 가져다준 나의 검은 고양이

감았던 두 눈을 뜨고 천천히 고개를 돌리자 검은 고양이 한 마리가 보였다. 깊고 푸르른 바닷속같이 아름다운 에메랄드빛 눈동자를 지닌 아이. 다홍이였다.

내게 새로운 삶을 선사한 존재. 내가 이 세상을 버텨낼 수 있는 이유.

시선 끝에 걸린 동그랗고 검은 얼굴을 바라보며 살짝 손가락을 움직였다. 그러자 곁에 있던 다홍이는 다정하게 나를 쳐다보았다. 느릿느릿 눈을 깜빡이기도 하고, 낮게 그르릉 소리를 내기도 하고, 말랑하고 까칠한 혀끝으로 내 손을 핥아주기도 했다.

다홍이가 내게 닿는 순간 나를 집어삼켰던 어둠은 뿔뿔이 흩어지고, 영원히 내 것이 될 리 없다고 생각했던 빛이 다시 찾아왔다. 차갑게 식은 마음에 서서히 온기가 퍼져 나가고, 하염없이 흐르던 눈물 대신 따뜻한 미소가 새어 나왔다.

"우리 다홍이, 아빠가 걱정돼서 왔구나?"

"야옹!"

손을 뻗어 다홍이를 끌어안았다. 부드럽고 말랑한 생명체는 아무런 저항 없이 내 품에 덥석 안겼다. 그리고 이어지는 기분 좋은 골골송. 손끝에 느껴지는 체온과 귓가에 울리는 소리에 나는 점점 평화를 찾아갔다.

나를 다시 세상 밖으로, 밝은 빛 속으로 이끌어준 나의 검은 고양이. 다홍이가 있어 나는 오늘도 웃으며 살고 있다. 우리가 처음 만난 그날의 낚시터를 기억하면서.

CONTENTS

Part 3. 내 옆에 네가 있어 다행이야

Part 4. 언제나 함께

Part 1.

낯선
검은 고양이와의
만남

01

낚시터와 고양이

2019년 어느 날, 나는 친한 카메라 감독 친구가 배를 샀다는 소식에 마냥 신나 있었다. 평소 낚시를 좋아했지만, 여유가 없어 가지 못했던 나는 대어를 낚겠다는 큰 꿈에 부풀어 일말의 망설임도 없이 짐을 쌌다. 그러고는 배를 타기 위해 평소 친한 동료들과 함께 서울에서 3시간 정도 떨어진 경기도 화성시에 있는 전곡항으로 향했다. 그곳에 내 인생을 송두리째 바꿀 만남이 기다리고 있을 것이라고는 상상도 하지 못한 채 말이다.

예상한 대로 낚시는 무척이나 즐거웠다. 이른 아침부터 오후 늦게까지 물고기를 낚는 데 푹 빠져 있던 우리는 뒤늦게 찾아온 허기에 뱃머리를 돌렸다. 마침 낚시터 근처에 동료의 집이 있어 그곳에서 늦은 식사를 하고, 소화를 시킬 겸 잠깐 산책을 나왔다.

　　바쁜 스케줄을 뒤로한 채 오랜만에 찾아온 여유를 만끽하고 있
는데, 건너편 논밭에 시커먼 물체 하나가 앉아 있었다.

　　"깜짝이야! 저게 뭐지?"

　　예상치 못한 상황에 놀란 나는 발걸음을 멈추고 저 멀리 오도카
니 앉아 있는 까만 물체를 유심히 쳐다보았다. 자세히 보니 그것은
검은색 고양이였다. 다른 길고양이들과 달리 사람이 앞에 있어도 도
망가지 않고 가만히 있는 것이 신기했다. 평소의 나라면 그냥 무시
하고 지나갔을 텐데, 그날따라 왠지 모르게 호기심이 동했다.

　　"이리 와."

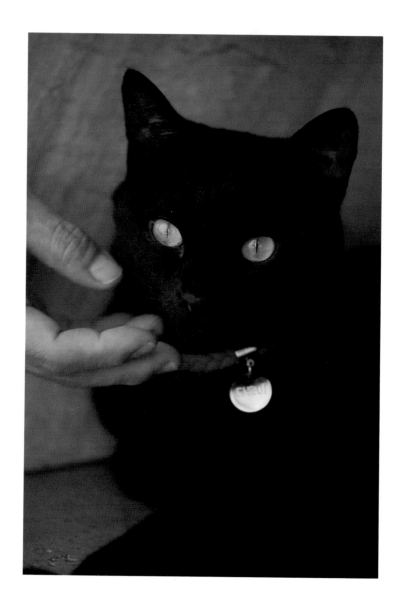

조심스럽게 손을 내밀며 말을 걸자 날 빤히 쳐다보던 고양이가 꼬리를 바짝 세우고 다가오기 시작했다. 거리가 좁혀질수록 심장이 점점 빨리 뛰기 시작하고 알 수 없는 긴장감에 나도 모르게 침을 꿀꺽 삼켰다.

마침내 고양이가 코앞으로 다가왔다. 아주 작고 마른 고양이였다. 딱 봐도 어린 새끼임을 알 수 있었다.

잽싸게 주변을 둘러보았지만 다른 고양이는 보이지 않았다. 도대체 네 엄마는 어디에 두고 너 혼자 왔냐고 물어보려는데, 갑자기 고양이가 내 다리에 제 뺨을 비벼댔다. 그러더니 몸 전체가 S자 모양이 될 정도로 다리 사이를 스치며 빙글빙글 도는 것이 아닌가. 심지어 조그마한 분홍빛 혀로 손을 핥기까지 했다.

나를 외면하지 말라옹! 제발 데려가라옹!

고양이에 대해 잘 알지 못하지만, 녀석의 행동이 친근감의 표시라는 걸 본능적으로 알 수 있었다. 얘가 도대체 왜 이러지? 날 언제 봤다고 이렇게 좋다고 표현하는 거지? 그동안 보아 온 길고양이들과는 전혀 다른 모습에 당혹감이 몰려왔다. 아무런 경계심도 없이 다가오고 걸음을 옮길 때마다 졸졸 따라오니 어찌할 바를 몰랐다.

"큰일이네. 이제 곧 서울로 가야 하는데……."

낚시터를 떠날 시간이 점점 더 가까워질수록 괜히 초조해져만 갔다. 그냥 무시하고 서울로 향하는 차에 몸을 실으면 되었는데 좀처럼 발길이 떨어지지 않았다. 바로 그때, 배가 고팠던 모양인지 검은 고양이가 땅에 떨어진 김밥을 허겁지겁 먹어댔다. 흙이 잔뜩 묻은 밥알을 입안에 꾸역꾸역 넣는 모습을 보니 마음이 좋지 않았다. 이대로 녀석을 버려두고 간다면 배고픔에 또 땅에 떨어진 음식을 먹게 될 것이 분명했다.

"……그렇게 둘 수는 없지."

아무리 생각해도 나를 계속해서 쫓아다니는 고양이를 외면할 수는 없었다. 이것도 인연이라면 인연일지 모른다. 아니, 어쩌면 내가 그동안 만났던 수많은 이들보다 더 특별한 인연이 될 수도 있겠다는 생각이 불현듯 들었다.

오랜 고민 끝에 나는 손을 쭉 뻗어 그 작은 몸을 붙잡았다. 그러자 신기하게도 녀석은 반항도 않고 내게 붙들린 채 커다랗고 동그란 두 눈으로 날 빤히 쳐다보았다.

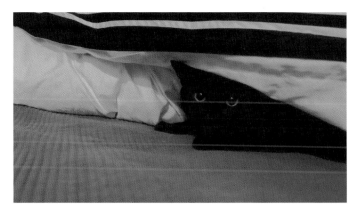

02

'고양못', '무릎냥'을 만나다

"어디 가는 거냐옹?"

엄밀히 따지자면 나는 '강아지파'다. 도도하고 까칠해 보이는 고양이보다는 애교 넘치고 활기찬 강아지가 훨씬 좋았다. 이러한 상황이니 나는 고양이에 대해 아는 것이 단 하나도 없는 '고알못(고양이를 알지 못하는 사람)'이었다. 그저 '고양이도 강아지랑 비슷하겠지.' 하고 어림짐작만 할 뿐이었다.

　"얘 배고프지 않을까? 먹을 것 좀 줘야 하지 않나?"

　동료들의 말에 당장 먹을 것이 있나 찾아보니 낚시로 잡은 생선과 해산물이 전부였다. 고양이는 원래 생선을 좋아한다고 하니까 먹여도 괜찮겠다 싶어 익힌 생선과 주꾸미를 조금 떼어서 주었다.

　동료들의 말대로 배가 고팠던 모양인지 고양이는 내가 준 것을 눈 깜짝할 새에 다 먹어 치웠다. 그런데도 뭔가 모자라 보이기에 배에서 먹다 남은 김밥도 함께 주었다. 조금 전에 먹었던 땅에 떨어진 김밥보다는 나을 것 같아서였다. 당시 내게는 고양이에게 사람 음식을 주면 안 된다는 기본 상식조차도 없었다.

검은 고양이를 서울로 데려갈 때도 마찬가지였다. 낚시하러 놀러 온 사람에게 이동장이 있을 리 만무하니 그냥 아무 생각 없이 고양이를 안고 차에 올라탔다. 서울로 올라가는 3시간 동안 미동도 없이 품 안에서 곤히 자기에 '원래 고양이들은 다 이런가?' 하고 고개만 갸우뚱거렸다. 그 희귀하다는 '무릎냥(강아지처럼 무릎에 올라와 친근하게 구는 고양이)'인 줄도 모르고 말이다.

'고알못' 중에서도 최고봉이었던 나는 정말 아무것도 몰랐다. 보통의 고양이들은 낯선 사람을 따르지 않는다는 것도, 처음 만난 사람의 손길에 제 몸을 맡기지 않는다는 것도, 자신의 영역에서 벗어나면 당황하고 두려워한다는 것도 전혀 몰랐다. 귀여운 솜방망이로 얻어터지지 않은 게 천운이었다는 것 또한 한참 뒤에 알게 된 사실이었다.

낯가림?
그게 뭐죠?

　길 위에서 우연히 만난 고양이. 이 아이를 곧장 집으로 데려가자니 염려되는 부분이 많았다. 녀석의 좋지 않은 행색을 보니 혼자 어떻게 생활해 왔을지 집작할 수 있었기 때문이다. 검은빛의 털은 푸석푸석하여 윤기라고는 전혀 찾아볼 수 없었으며, 밥을 제대로 먹지 못했는지 삐쩍 말라 뼈가 드러나 보였고, 가냘프게 우는 목소리에는 힘이 전혀 느껴지지 않았다.

　그래서 서울에 도착하자마자 고양이를 안아 들고 동물병원으로 향했다. 간단한 진찰을 받은 결과, 집작했던 대로 태어난 지 4~5개월 정도밖에 되지 않은 새끼 고양이라는 사실이 밝혀졌다. 자세한 검사를 해봐야 알 수 있겠지만 겉으로 보기엔 큰 문제가 없다고 하여 당장 필요한 고양이 물품들을 몇 개 산 뒤 집으로 왔다.

　'집에 가시면 아이가 낯설어서 침대 밑이나 구석진 곳에 숨을 수 있어요.'

의사 선생님의 말을 떠올리며 조심스럽게 고양이를 바닥에 내려 놓았다. 과연 어디에 숨을까? 선생님 말씀대로 침대 밑? 옷장 안? 아니면 소파 아래로 숨으려나? 여러 가지 경우의 수를 생각하고 있던 바로 그때, 검은 고양이는 예상 밖의 행동을 보였다.

낯설어하기는커녕 너무나도 자연스럽게 집안 곳곳을 누비고 다니는 것이 아닌가! 그런 고양이를 보고 있자니 당황스러워 말도 제대로 나오지 않았다. 여기저기 냄새를 맡고 호기심 가득한 눈으로 집안을 살펴보던 고양이는 그르릉 소리를 내며 바닥에 몸을 누이고 구르기까지 했다.

"뭐야, 너? 여기가 네 집이냐? 왜 이렇게 자연스러워?"

당혹감이 가득 담긴 나의 말을 고양이는 들은 척도 하지 않았다. 대신 거실 소파에 완전히 푹 퍼져 누운 채로 마치 집주인이라도 된 양 커다란 눈을 끔뻑거리며 날 쳐다볼 뿐이었다.

낯가림? 그게 뭐냐옹? 먹는 거냐옹?

고양이는 두 눈으로 분명 그렇게 말하고 있었다.

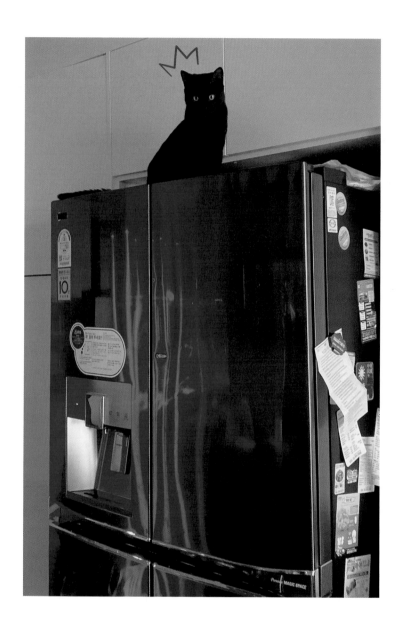

04

망설임

　낯선 고양이와의 동거는 생각보다 나쁘지 않았다. 아니, 오히려 꽤 좋아서 당황스러울 정도였다. 커다란 어항 속 해수어와 담수어를 제외하면 생명이라고는 나밖에 없던 적막한 집에 따뜻한 온기를 지닌 존재가 생겼다는 것만으로도 큰 위안이 되었다.

　무엇보다 고양이는 무척 귀여웠다. 내가 집에 있으면 종일 뒤를 졸졸 따라다녔다. 화장실을 가면 어디 있냐고 야옹, 주방에서 물 좀 마시려고 하면 뭐 먹었냐고 야옹, 침대에 누워 핸드폰을 하고 있으면 같이 놀자고 야옹.

　불과 며칠 전에 만난 사이라고는 생각되지 않을 정도로 나를 잘 따르는 고양이를 보며 주변 사람들은 모두 입을 모아 감탄했다. 정말 기가 막힌 인연이니 맡아서 키워야 하는 것 아니냐고 입양을 권유하는 이도 많았다.

하지만 막상 이 아이를 평생 책임지고 돌봐야 한다고 생각하니 덜컥 겁이 나기 시작했다.

고양이를 한 번도 키워 본 적 없는 내가 이 아이를 맡아도 괜찮을까? 과연 한 생명을 끝까지 책임질 수 있을까? 서툰 나 때문에 고양이에게 무슨 일이라도 생기면? 결국 나는 누군가 항상 얘기하던 내 사주처럼 평생 혼자 있어야 하는 사람이라면?

생각에 생각이 꼬리를 물어, 머릿속이 그야말로 엉망진창이었다.

약

너에겐
새로운 가족이 필요해

여러 가지 상황을 고려해도 도무지 용기가 나지 않았다. 작은 한숨을 내쉬며 고개를 옆으로 돌리니, 어린 고양이가 동그란 눈으로 나를 빤히 쳐다보고 있었다. 자신을 두고 내가 어떤 생각을 하고 있는지 꿈에도 상상 못 할 순진하고 착한 초록색 눈동자. 난 차마 그 눈을 마주하지 못하고 외면해버렸다.

너에겐 새로운 가족이 필요해. 내가 아닌.

이렇게 결론을 내리기까지 정말로 힘들었다. 하지만 이런 속사정을 알 리 없는 형은 하루라도 빨리 고양이를 다른 곳으로 보내라고 성화였다. 그래서 나는 작별 인사도 제대로 하지 못한 채 아는 동생에게 고양이를 보내야만 했다. 고양이가 떠난 집은 무척이나 적막하고 또 외로웠다. 겨우 며칠 같이 있었을 뿐인데, 녀석의 빈자리는 너무 컸다.

그래도 잘된 거야. 그 아이는 날 떠나야 더 행복할 거야.

나를 위해서, 고양이를 위해서 옳은 선택을 한 거라며 자신을 다독여보았지만, 시간이 지나도 가슴 한구석이 허전하게 느껴지는 것은 어쩔 수 없었다.

06

너를 위한
잘못된 선택

고양이를 보낸 그날 밤, 사진과 영상을 보며 그리움에 잠도 이루지 못하고 침대 위에 멍하니 누워만 있었다. 그런데 갑자기 핸드폰이 요란하게 울려대기 시작했다. 이렇게 늦은 시각에 오는 연락이라니, 의아해하며 휴대폰 화면을 보자 익숙한 이름이 떴다. 고양이를 데려간 동생이었다.

"형님, 고양이가 이상해요."

그 한 마디에 나는 잠옷 차림인 것도 잊은 채 외투를 챙겨 곧장 밖으로 나가 차를 몰았다. 고양이를 데리러 가는 내내 불안하고 초조한 마음을 감출 수 없었다. 고양이가 이상하다니, 도대체 무슨 일일까? 어디가 아픈 걸까? 사고라도 당했나? 온갖 안 좋은 생각이 머릿속을 둥둥 떠다녔다.

근심 걱정을 가득 끌어안고 겨우 도착한 곳에서 발견한 고양이는 서글픈 눈으로 나를 쳐다보며 울어댔다. 꼭 나를 원망하는 것만 같았다.

왜 나를 여기에 버려둔 거냐옹? 날 두고 어디 갔었냐옹?

고양이의 애처로운 울음소리에 눈물이 왈칵 쏟아질 것만 같았다. 고양이는 이 집에 온 이후로 밥은 물론 물 한 모금도 먹지 않았다고 했다. 화장실도 가지 않고 구석진 자리에서 불안에 떨며 움직이지도 않았단다.

그 이야기를 전해 들으니 죄책감이 몰려와 미칠 것만 같았다. 내 사주가 어떻든, 누가 뭐라고 말하든지 간에 내게 온 고양이를 책임져야 했다. 길 위에서 힘들게 살던 아이가 간절한 마음으로 나를 선택했는데, 내가 그 손을 놓고 밀어내면 안 되는 거였다. 그때 동생의 입에서 예상치 못한 말이 흘러나왔다.

"근데 형님. 고양이 옆구리에 혹이 잡히는 거 같은데, 혹시 몰랐어요?"

미안함에 괴로워하던 나는 큰 충격을 받았다. 옆구리에 혹이라니? 내내 같이 있었으면서도 미처 알아채지 못한 일이었다.

마음이 조급해진 나는 서둘러 동생에게 인사한 뒤 고양이를 데리고 밖으로 나갔다. 그리고 병원에 가기 위해 차에 올라타는 순간, 허벅지에서 뜨끈한 기운이 느껴졌다.

"앗, 너……."

바지를 흠뻑 적신 것은 다름 아닌 오줌이었다. 고양이는 차에 타자마자 그동안 참았던 똥오줌을 모두 쏟아내었다. 아마도 긴장이 풀린 것이겠지. 평소의 나라면 깔끔을 떨며 더럽다고 난리를 쳤을 테지만, 이상하게도 이 아이가 한 실수는 전혀 기분 나쁘지 않았다. 오히려 제대로 배변한 것이 기쁘기만 했다.

그렇게 나는 간단히 차 내부를 정리하고 고양이 몸에 생긴 의문의 혹을 확인하기 위해 병원으로 향했다.

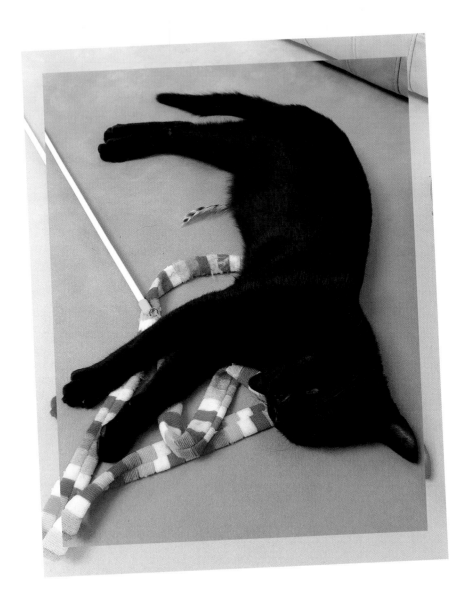

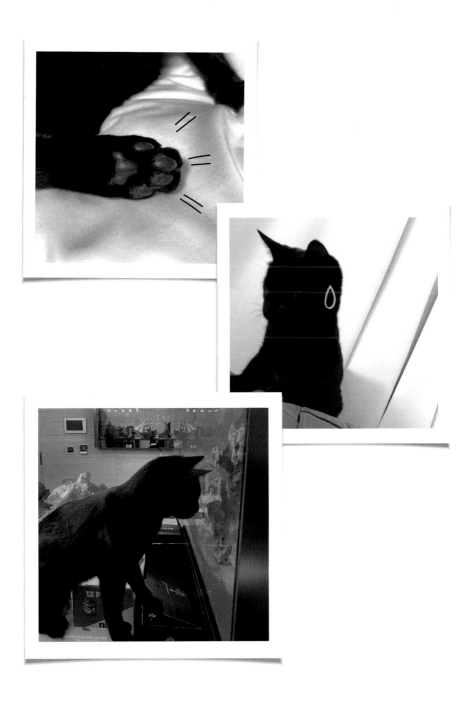

07

작은 몸에
커다란 혹 하나

차를 타고 병원에 가는 내내 옆구리에 있다는 혹을 살펴보았다. 동생의 말대로 살짝 튀어나온 부분이 손끝에 느껴졌다. 주변을 슬쩍 어루만지자 고양이가 가냘프게 울며 아파했다. 문제가 있는 게 분명했다.

　아니나 다를까, 병원에서는 상태가 꽤 심각하다는 진단이 나왔다. 옆구리에 생긴 상처에 염증이 발생하였고, 이것이 농이 되어 혹처럼 부풀어 오른 것이라고 했다. 어쩌면 근육조직을 긁어내야 할 수도 있다는 말에 다시 한 번 자책할 수밖에 없었다. 많이 아팠을 텐데, 그동안 왜 몰랐을까 싶어 나 자신이 원망스러웠다.

　"길거리 생활을 하다가 어디에 긁혔거나 다른 고양이 또는 강아지한테 물려서 상처가 생겼을 가능성이 높아요. 수홍 씨 탓이 아니니 너무 자책하지 말아요."

눈물을 글썽이는 나에게 의사 선생님이 위로를 건넸지만, 미안함과 죄책감이 쉬이 가시지는 않았다. 하지만 마냥 미안해하고만 있을 수는 없었다. 고양이의 건강을 위해 바로 치료를 결정하였고, 수술 일정도 잡았다.

수술 비용은 꽤 많이 나왔다. 동물병원비가 그렇게 비싼지 처음 알게 되어 살짝 놀라긴 했지만 상관없었다. 내 품에 안긴 고양이만 건강할 수 있다면 아무래도 좋았다. 검은 고양이를 향한 애달픈 이 마음이 '사랑'이라는 걸 비로소 깨닫게 된 밤이었다.

욕심 난다,
너라는 존재

고양이 옆구리에 생긴 혹을 완전히 없애려면 세 번의 치료가 필요했다. 녀석은 병원에 가면 의사 선생님의 손을 정성껏 핥던 순한 고양이였지만, 치료 과정에서 너무 큰 충격을 받은 모양이었다. 그 이후 병원만 가도 벌벌 떨고, 내 품에 안겨 벗어날 줄을 몰랐다.

우여곡절 끝에 병원에서 마지막 치료를 받은 날, 옆구리 털이 빡빡 밀린 고양이와 함께 집으로 돌아왔을 때 나는 이미 이 아이를 평생 책임지겠노라고 다짐한 상태였다.

"뭐야? 왜 또 데려왔어?"

다른 집에 입양 보냈다가 다시 돌아온 고양이를 향한 가족들의 모진 말에 살짝 움츠러든 것은 사실이다. 하지만 이번만은 그 누구도 나의 결심을 꺾을 수 없었다.

내 생애 첫 욕심.

　단 한 번도 가족의 말을 거역한 적이 없었다. 그런 내가 처음으로 고집을 피워서 지켜낸 존재가 눈앞의 검은 고양이였다. 나의 의견은 언제나 묵살되고, 나의 행복도 늘 뒤로 미뤄졌지만 이번만큼은 내 마음이 가는 대로 하고 싶었다. 태어나서 처음으로 단호하게 내 의사를 피력했고, 절대 물러서지 않았다.

　순탄치 않은 과정을 거쳐 다홍이와 나는 정식으로 가족이 되었다. 새로운 가족을 맞이하기 위해 나는 집안 환경을 싹 바꾸었다. 모던한 인테리어 따위는 집어치우고, 고양이 관련 물품으로 거실을 가득 채웠다. 특히, 조망권이 가장 좋은 창가 쪽에는 거대한 캣타워를 세워놓았다.

이게 다 뭐냐옹? 전부 나를 위한 것이냐옹? 정말 신난다옹!

사용하지 않으면 어쩌나 싶어 걱정했는데, 그 염려가 무색하게 고양이는 신이 나서 캣타워에 올라갔다. 그런 녀석을 보고 있자니 왠지 모르게 뿌듯했다. 아, 이런 게 바로 부모의 마음이라는 걸까? 난생처음 느껴보는 그 감정이 나쁘지 않았다.

"앞으로 내가 너의 아빠가 되어줄게."
"애옹."

부드럽게 등을 쓰다듬으며 말하자, 고양이는 마치 대답이라도 하듯 예쁘게 울어댔다. 녀석을 받아들이기로 한 그날 밤, 그날의 감정을 나는 아마 평생 잊지 못할 것이다.

09

너의 이름은
＝박다홍＝

잔잔하기만 했던 내 삶에 찾아온 특별한 변화를 주변 지인들에게도 알렸다. 특히, 고양이를 처음 만난 낚시터에 함께 갔던 규택이 형에게 제일 먼저 소식을 전했다. 고양이의 이름을 지어 주기도 한 고마운 사람이기 때문이었다.

"고양이 이름을 '다홍'이라고 짓는 건 어때? '홍'자 돌림으로 말이야. '수홍'과 '다홍'. 괜찮지 않아?"

　'박다홍'. 괜찮은 정도가 아니라 정말 멋진 이름이었다. 같은 돌림자를 쓴다는 것만으로도 고양이와 나 사이에 특별한 무언가가 생긴 것만 같았다.

　먼 길을 돌고 돌아 어렵게 다시 나를 찾아온 검은 고양이는 그렇게 나의 다홍이가 되었다. 앞으로도 힘든 일이 많겠지만, 다홍이와 함께라면 웃을 일이 더 많을 거라고 굳게 믿었다.

다홍이를 소개합니다!

◆ 이름 박다홍

◆ 생년월일 2019년 10월 27일(수홍 아빠의 생일이자 '검은 고양이의 날'!)

◆ 고향 경기도 화성시 전곡항

◆ 가족 수홍 아빠♡

◆ 종 코리안 숏헤어, 그중에서도 매력 넘치는 검은 고양이!

◆ 몸무게 5.4kg

◆ 키 앉은 키 38cm, 일어선 키 60cm

◆ 건강 상태 아주 양호

◆ 취미 아빠 졸졸 따라다니기, 캣타워에 앉아서 창밖 바라보기

◆ 특기 화장실 가리기, 목욕 잘하기, 옷 입기,

　　　손톱을 포크처럼 사용해 간식 먹기, 아빠 사랑하기

◆ 성격 과묵한 순둥이

◆ 매력 포인트　깊은 바닷속처럼 빛나는 아름다운 에메랄드빛 눈,

　　　　　　　비단결처럼 윤이 나는 매끄러운 털,

　　　　　　　쫀득쫀득 말랑말랑한 솜방망이!

◆ 좋아하는 음식　1위 게살　2위 가자미　3위 북어　4위 달고기

　　　　　　　　5위 멸치　6위 닭가슴살

◆ 좋아하는 옷　태권도복! 근데 아빠는 다홍이가 호피 무늬나

　　　　　　　연두색 옷을 입는 걸 좋아함

◆ 좋아하는 장난감　푸른색 쥐돌이

◆ 특이사항　고양이의 탈을 쓴 사람일지도 모르니 주의 요망

◆ 별명　다홍쓰, 박다홍 선생, 다홍 군, 회장님 등

◆ 인스타그램　@blackcatdahong

◆ 유튜브　검은고양이 다홍 Blackcat Dahong

◆ 팬카페　수다홍 팬클럽(cafe. daum. net/blackcatdahong)

◆ 홈페이지　www. dahongerang. com

Part 2.

가족이 되어보자

이

귓가를
간질이는 '골골송'

♪♬

다홍이가 어디 아픈 줄 알았다. 처음에는 그렇게 의심했다. 정식 가족이 되고 함께 지내는 동안 다홍이는 시도 때도 없이 앓는 소리를 냈다. 고양이에 대해 아는 것이 없던 나는 그런 다홍이가 영 이상하기만 했다.

집에 돌아온 나를 반길 때도 골골골, 혼자 거실 소파 위를 뒹굴 때도 골골골, 맛있는 걸 먹을 때도 골골골, 나와 함께 침대에 누워 있을 때도 골골골. 쉴 새 없이 내는 골골 소리에 초보 집사의 걱정은 쌓여만 갔다.

나중에 그 소리가 고양이들이 행복할 때 내는 '골골송'이라는 걸 알게 되었을 때 어이가 없어서 헛웃음이 나왔다. 난 그런 줄도 모르고 다홍이를 병원에 데려가려고 예약까지 하려던 참이었는데!

어김없이 내 옆에서 골골 소리를 내며 뒹구는 다홍이를 부드럽게 쓰다듬었다. 입양 후 다홍이를 위해 늘 최선을 다하고는 있지만, 과연 내 행동들이 다홍이를 만족시키고 있을지 궁금했다. 그런데 늘 '골골송'을 부른다는 건 다홍이가 우리 집에 와서 기쁘고 행복하다는 뜻이니, 일단 합격점을 받은 것 같아 뿌듯했다.

　다홍이의 남은 인생 동안 집안 곳곳에 '골골송'이 울려 퍼질 수 있도록 최선을 다하겠노라고 굳게 다짐하며 동그란 이마에 짧게 입을 맞춘 후 눈을 감았다. 오늘도 나는 귓가를 간질이는 '골골송'을 들으며 잠을 청한다.

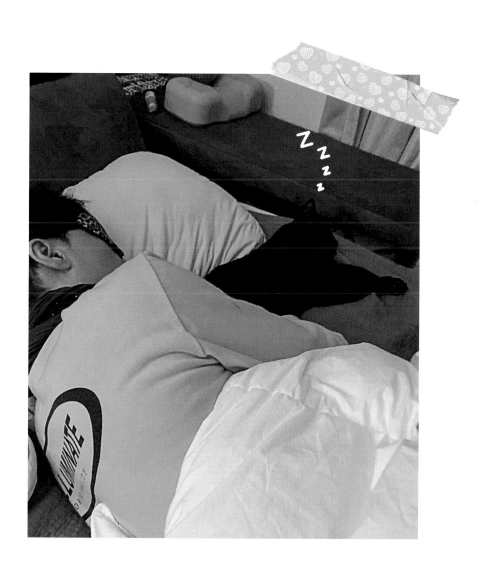

02

다칠 준비가
돼 있어

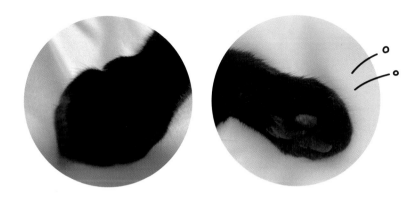

"아깽이들은 취미 삼아 사람 손과 팔을 마구마구 할퀴고 깨물어. 각오 단단히 해!"

다홍이를 키운다는 말에 주변 지인들이 제일 먼저 내게 던진 충고였다. 실제로 고양이를 키우는 친구들의 손과 팔은 영광의 상처들로 가득했다.

그 모습을 보고 살짝 겁을 먹은 나는 집에 오자마자 고양이에 대해 조금 찾아보았다. 그리고 어린 고양이는 이갈이를 하느라 이 물건, 저 물건 가리지 않고 마구 물어댄다는 것을 알게 되었다. 여기서 '물건'에는 사람의 몸도 당연히 포함되어 있었다.

4~5개월 정도의 어린 고양이로 추정되는 다홍이도 충분히 그런 행동을 할 여지가 있었다. 친구의 팔에 난 상처를 떠올리며 나도 모르게 침을 꿀꺽 삼켰다. 분명 아프고 따갑겠지. 하지만 다홍이가 깨물고 할퀴더라도 괜찮을 것 같다는 생각이 들었다. 이미 다홍이에게 푹 빠진 상태라 다칠 준비가 되어 있었다.

하지만 예상과 달리 다홍이는 단 한 번도 나를 물거나 할퀸 적이 없다. 가끔 같이 장난칠 때 손을 깨물 때가 있는데, 무는 힘이 아주 약해서 미세한 자국도 남지 않을 정도였다.

"뭐야? 아빠 아플까 봐 살살 문 거야?"

감격에 겨워서 이렇게 물어보면 다홍이는 마치 "네!"라고 대답하듯이 "야옹" 하고 울었다. 다홍이의 이런 스위트한 매너 덕분일까? 주변에서 정말 고양이를 키우는 게 맞느냐고 물어볼 만큼 내 팔과 손은 상처 하나 없이 깨끗하다.

03

사람 화장실을
쓰는 고양이

다홍이를 키우겠다고 결심한 뒤, 제일 먼저 고양이 화장실과 배변 모래를 구매했다. 고양이들에게 화장실이 매우 중요하다는 지인의 조언 때문이었다. 그래서 좋기로 소문난 제품을 마련해 다홍이의 배변 환경을 쾌적하게 만들어주고자 했다.

그런데 전혀 예상치 못한 일이 발생했다. 다홍이는 내가 정성 들여 준비한 화장실에는 눈길도 주지 않았다. 대신 사람이 사용하는 화장실로 가 그곳에서 시원하게 볼일을……

"잠깐만. 내가 지금 뭘 본 거지?"

엉거주춤한 자세, 무언가 집중하는 표정, 위로 바짝 서서 끝이 부르르 떨리는 꼬리까지. 그건 누가 봐도 쉬야를 하는 모습이었다.

　혹여나 내가 잘못 본 줄 알고 눈을 세게 비비고 감았다가 다시
떠보기도 했다. 하지만 여전히 다홍이는 사람 화장실, 그것도 배수
구 바로 위에 자세를 잡고 볼일을 보고 있었다.

　정말 신기한 일이었다. 고양이가 사람 화장실에서 배변하다니!
그것도 정확히 배수구 위에서! 황당하기 그지없는 모습에 어안이
벙벙했지만, 어쩌다 한 번일 뿐, 다홍이가 곧 고양이 화장실을 이용
할 것이라고 믿어 의심치 않았다.

하지만 나의 기대와 달리 다홍이는 꾸준히 사람 화장실을 이용했다. 혹시 모래가 마음에 들지 않아서 그런 걸까 싶어 다양한 제품을 사서 깔아보고 고양이 화장실에서 볼일을 볼 수 있도록 유도해보았지만 소용없었다. 다홍이는 언제 어디서든 사람 화장실만 고집했다. 외부에서도 마찬가지였다. 반려동물 동반 호텔을 가거나 친구의 집에 함께 방문했을 때도 사람이 쓰는 화장실을 사용했다.

한번은 그런 적도 있었다. 그날은 바쁜 스케줄 때문에 집을 장시간 비워야 하는데, 다홍이만 혼자 두고 가기가 안쓰러워서 녀석을 데리고 같이 움직였다. 스케줄 장소에 도착하자 갑자기 녀석이 내게 다가왔다. 그러더니 가냘픈 목소리로 야옹야옹 울어대기 시작했다.

"응? 왜 그래, 다홍아? 무슨 일이야?"

처음에는 배가 고픈가 싶어 먹을 것과 물을 주었지만, 다홍이의 울음은 멈추지 않았다. 장난감을 줘도 요지부동이었다. 바로 그때, 한 가지 생각이 머릿속을 빠르게 스쳤다. 설마 하는 마음에 다홍이를 안아 들고 곧장 화장실로 향했다. 그리고 배수구 근처에 얌전히 내려놓자 다홍이는 기다렸다는 듯이 시원하게 볼일을 봤다.

어우, 시원해! 참느라 죽는 줄 알았다홍!

이를 본 스태프들은 다들 신기해하며 다홍이는 분명 사람일 것이라고 한마디씩 했다. 나는 그들에게 웃음으로 대답을 대신한 뒤 다홍이 귀에 작은 목소리로 속삭였다.

그래, 다홍아. 날도 더운데 등 뒤에 지퍼 내리고 나와. 너 사람인 거 다 들켰어, 애!

04

끝나지 않은
병원 탐방

여느 때와 다름없던 한가한 오후. 다홍이는 늘 그렇듯이 내가 쓰는 화장실로 가 볼일을 보았다. 난 화장실 밖에서 잠시 기다렸다가 다홍이가 나오는 순간 들어가 뒤처리를 하려고 했다.

"세상에, 다홍아!"

눈앞에 펼쳐진 광경을 보고 나도 모르게 외마디 소리를 지르고 말았다. 다홍이가 본 변에는 하얗고 넓적한, 마치 파스타 면처럼 생긴 회충이 길게 늘어져 있었던 것이다. 적어도 30㎝는 되어 보이는 그것을 앞에 두고 나는 어찌할 바를 몰라 발만 동동 굴렀다.

일단 빨리 없애야겠다는 생각에 이를 악물고 처리는 하였지만, 다홍이의 배 속 건강이 걱정되어 마음이 다급해졌다. 화장실에서 나오자마자 다홍이를 찾은 뒤 어디가 아픈지 확인하려 했다. 그런데 갑자기 다홍이가 몸을 들썩거리며 헛구역질을 하더니 급기야 토를 하기 시작했다. 토사물 안에는 회충 알이 수두룩하게 자리 잡고 있었다.

내가 해야 할 일은 정해져 있었다. 곧장 병원으로 가는 것. 다른 것들 챙길 겨를도 없이 다홍이를 안아 들고 서둘러 차에 올라탔다. 병원으로 가는 내내 다홍이가 몇 번 더 헛구역질을 하긴 했지만, 다행히 토하지는 않았다.

"길거리에서 썩은 음식들을 주워 먹어서 배 속에 회충이 생긴 것 같습니다."

의사 선생님의 말씀을 듣고 탄식이 절로 나왔다. 밖에서 얼마나 고생했으면 배 속에 회충밖에 없는 걸까? 불쌍한 우리 다홍이. 급하게 약을 처방받고 집으로 오는 길에 나도 모르게 찔끔 눈물이 났다. 내가 없는 시간 동안 길 위에서 고생했을 다홍이의 하루하루가 안타깝고 애처로웠다.

회충은 한 번에 없어지는 게 아니라 꾸준히 약을 먹어야 하므로 완전히 없애기까지 꽤 오랜 시간이 걸렸다. 아픈 동물을 돌보는 것이 처음이라 많이 어설프기도 했다. 주변에서는 고양이 돌보느라 힘들겠다고 말했지만, 나는 내가 힘든 것보다 아픈 다홍이가 더 걱정되었다.

"다홍아, 앞으로 아프지 말자. 아빠가 잘할게. 응?"

약을 먹고 지쳐 누워 있는 다홍이에게 말을 건네자 녀석은 커다란 두 눈으로 나를 빤히 쳐다보았다. 그러고는 천천히 눈을 깜빡였다.

걱정하지 말라홍. 아빠 걱정하지 않도록 아프지 않을 거라홍!

어둠 속으로 잠시 사라졌다가 다시 나타나는 에메랄드빛 눈동자. 저 눈동자가 언제나 건강하게 빛날 수 있도록 내가 더 노력해야겠다고 다짐했다.

다행스럽게도 약 6개월간 꾸준히 병원에 다니고 약을 먹인 끝에 다홍이는 완치 판정을 받을 수 있었다.

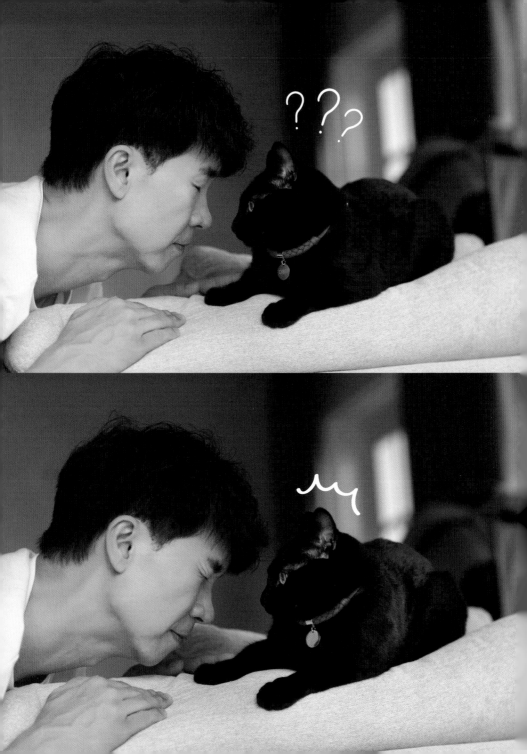

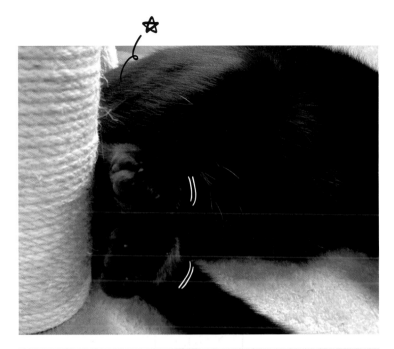

09

검은 고양이의 날

그거 아세요? 수홍 님의 생일인 10월 27일이 검은 고양이의 날이 랍니다.

어느 날 한 줄의 댓글을 보고 깜짝 놀라지 않을 수 없었다. 내 생일인 10월 27일이 세계 검은 고양이의 날과 같다니! 어안이 벙벙해진 나는 옆에서 얌전히 그루밍하는 다홍이를 멍하니 쳐다보았다.

우연도 이런 우연이 있나. 이 정도면 우연이 아니라 필연 아닐까? 인생에서 이렇게까지 여러 가지가 잘 맞는 인연이 또 있을까 싶다. 다홍이를 만나기 전까지만 하더라도 고양이에게 눈길 한 번 준 적 없는 나였는데, 이래서 유독 다홍이에게 마음이 갔던 걸까?

"다홍아. 네 생일도 10월 27일로 정하자. 앞으로 아빠랑 같이 생일 파티를 하는 거야!"

우연히 길에서 만난 아이라서 태어난 날을 몰랐다. 그래서 다른 집사님들처럼 생일 파티를 열어주고 싶어도 할 수 없어서 고민이었는데, 인터넷 댓글 한 줄로 모든 것이 해소되었다. 매년 10월 27일, 검은 고양이의 날에 다홍이와 나의 특별한 생일 파티가 열릴 것이다.

06

산책이 좋아요

　다홍이 때문에 생긴 고양이에 대한 잘못된 상식이 여러 개 있다. 그중 하나가 바로 산책이다. 평소 산책을 좋아해서 아파트 근처 산책로를 즐겨 걷는데, 그곳에 다홍이를 데리고 나간 것이다. 고양이도 강아지와 같으리라 여기며 나선 산책이었다.

　다홍이와의 산책은 예상보다 더 즐겁고 행복했다. 날씨 좋은 날 함께 조용히 길을 걷는 것도 좋았고, 어디를 가든 내 뒤를 졸졸 따라다니는 귀여운 다홍이를 보는 것도 좋았다. 다홍이도 바깥바람을 쐬고 냄새를 맡는 게 꽤 즐거워 보였다. 대책 없는 '고알못'인 나는 이를 보고 다른 고양이들도 다홍이처럼 산책을 즐길 것이라고 확신했다.

하지만 그것이 잘못된 상식이라는 걸 알게 되기까지 그리 오랜 시간이 걸리지 않았다. 고양이에 관한 공부를 하다 보니 산책이 아이들에게 위험한 행동이 될 수 있음을 알게 된 것이다. 영역 동물인 고양이는 자기 영역을 지키고 확인하기 위해 밖으로 나갔다가 길을 잃을 확률이 높다는 것이었다.

그 사실을 알자마자 바로 산책을 중단했다. 나의 무지로 다홍이에게 나쁜 행동을 했다는 생각에 가슴이 두근거렸다. 며칠 후 이러한 고민을 동물병원 의사 선생님에게 털어놓자 돌아온 답변은 의외였다.

"다홍이 건강을 위해 안전한 곳에서 산책하는 것은 괜찮습니다."

밖에서 험한 생활을 하다가 내게로 온 다홍이는 옆구리에 생긴 혹을 치료하느라 세 번의 큰 치료를 받았다. 게다가 배 속에 있던 회충까지 없애느라 몸이 많이 약해진 상태였다. 그런 다홍이의 건강을 위해 나는 안전한 산책을 하기로 했다.

우선 안전을 위해 '하네스(반려동물 앞섬 방지용 목줄)'를 착용시켰다. 산책 장소도 한정지었다. 예전에는 겁도 없이 다홍이를 데리고 산에도 같이 오르곤 했지만, 이제는 다홍이가 도망갈 여지를 줄이기 위해 아파트 단지 안에 있는 작은 쉼터에만 간다.

다행스럽게도 다홍이는 이 정도의 외출만으로도 크게 만족하는 듯했다. 또 내 말을 어찌나 잘 듣는지 위험한 곳에 가지 말라고 하면 신기하게도 바로 걸음을 돌려 내게로 왔다.

꾸준하게 산책한 덕분일까? 다홍이의 건강은 정말 많이 좋아졌다. 기분 좋게 산책을 다녀오면 곧장 화장실로 가 시원하게 대변을 본다. 그러고는 맛있게 밥을 먹고 꿀잠을 청한다. 그 모습을 보고 있노라면 나도 덩달아 잠이 와, 다홍이 옆에 몸을 누이고 휴식을 취하곤 했다.

"다홍아, 오늘도 아빠랑 산책하러 갈까?"
"야옹!"

'산책'이라는 말에 다홍이의 예쁜 목소리가 집안에 울려 퍼진다. 내 귀에는 "좋아요! 신나요!"라고 말하는 것처럼 들린다. 그래, 다홍아. 다홍이가 좋다면 아빠도 다 좋아. 오늘도 나는 다홍이와 함께 길을 나선다.

07

목욕 잘하는
예쁜 고양이

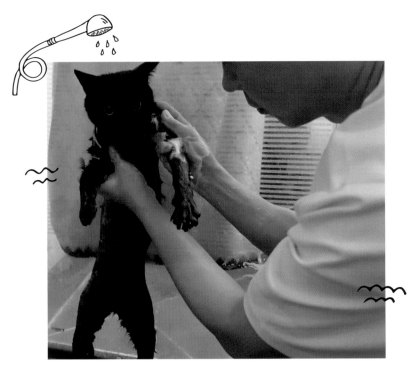

'고양이의 천적은 물'이라는 말이 있을 정도로 대부분의 고양이는 물을 극도로 싫어한다. 고양이가 원래 사막 지역 출신이라서 그렇다는 설도 있는데, 사실 이 말을 처음 들었을 때는 이해가 되지 않았다. 고양이가 물을 싫어한다고? 우리 다홍이는 괜찮던데?

"다홍아, 목욕하자!"

이 한 마디에 다홍이는 "야옹!" 하며 내게 쪼르르 달려와 자신을 향해 쏟아지는 물을 거뜬히 받아들인다. 목욕하는 내내 싫다고 발버둥을 치거나 고래고래 소리를 내지른 적도 없다. 그냥 묵묵히 내 손길에 자신의 몸을 맡기며 동그란 눈만 끔뻑거릴 뿐이다.

그래서 나는 모든 고양이가 목욕을 잘하는 줄 알았다. 더욱이 목욕을 적어도 한 달에 2~3번은 시켜야 한다고 생각했다. 하지만 이게 웬걸? 다른 집사님들 말을 들어보니 고양이 목욕은 거의 연례 행사라고 하는 게 아닌가! 자주 시켜 봤자 6개월에 한 번이라니. 공교롭게도 다홍이 때문에 잘못된 고양이 정보를 갖게 된 나로서는 충격이 아닐 수 없었다.

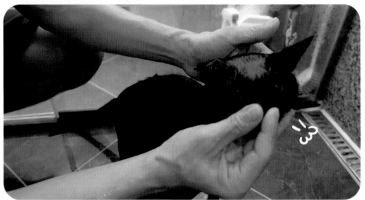

그래서 다홍이도 6개월에 한 번 목욕을 하느냐고 묻는다면 대답은 'NO'. 최대한 목욕을 뒤로 미루려고는 하지만, 다홍이 특성상 그럴 수는 없었다. 일반 고양이들과 달리 산책하러 자주 나가는 다홍이에게는 외부 오염물이 묻어 있을 확률이 높기 때문이다.

평소에는 산책 후 드라이룸에 들어가 먼지를 털어내는 것으로 끝내지만, 2~3달에 한 번 정도는 목욕하는 편이다. 대신 목욕용품을 최대한 순한 것으로 사용해 다홍이 피부에 자극을 주지 않으려고 노력한다. 다홍이도 목욕할 때 꼬리를 바짝 세우고 그르릉 소리를 내는 걸 보면 목욕이 영 싫은 것만은 아닌 게 분명하다.

왜 이렇게 다홍이가 목욕을 잘할까 생각해 봤는데, 아마도 오랜 시간 동안 길에서 생활한 것이 영향을 주지 않았을까 추측한다. 자연스럽게 비를 맞고 다녔기에 샤워기에서 나오는 물도 비라고 생각하는 게 아닐까? 이러나저러나 집사 입장에서는 목욕 잘하는 예쁜 고양이, 우리 다홍이가 그저 고맙기만 하다.

08

청소를 합시다

다홍이를 키우기로 했을 때 주변에서 염려했던 것 중 하나가 바로 털 문제였다. 고양이는 털이 어마무시하게 빠지기로 악명 높기 때문이었다. 나 또한 이 부분을 조금 걱정했다.

하지만 다행스럽게도 코리안 숏헤어 고양이, 그러니까 우리가 주변에서 흔히 볼 수 있는 길냥이들은 기본적으로 다른 장모종에 비하여 털이 덜 빠지는 편이다. 다홍이도 마찬가지. 걱정했던 것과 달리 다홍이의 털 때문에 스트레스를 받는 일은 거의 없다.

그래도 고양이는 고양이! 털이 아예 빠지지 않는 것은 아니다. 분명히 다홍이도 털이 빠진다. 녀석이 한 번 앉았다가 일어난 곳엔 반드시 흔적이 남는다.

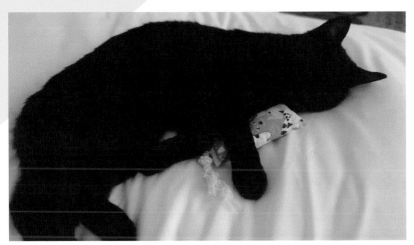

한번은 이런 일도 있었다. 방송용 의상을 준비하느라 침대 위에 새하얀 셔츠를 올려두었는데 다홍이가 그 위에 자리를 잡고 앉아버렸다. "아빠 일하러 가야 해."라고 말하며 다홍이를 들어 올리는 순간, 셔츠 위로 검은 털이 우수수 떨어졌다.

"아이고⋯⋯."

당황함도 잠시, 나는 미리 준비해둔 돌돌이로 무심하고 시크하게 털을 쓱 훔쳐냈다. 고양이 털 때문에 귀찮지 않느냐고? NO! 내가 조금만 더 부지런을 떨면 아무 문제 없다. 그렇게 오늘도 나는 다홍이와의 즐거운 '홈 스위트 홈' 생활을 위해 열심히 청소한다.

사나이 박다홍의
첫 번째 시련

다홍이와 만난 지 약 두 달 정도의 시간이 흘렀을 무렵, 영원히 아가일 것만 같았던 다홍이에게도 드디어 발정기가 찾아왔다.

발정기 증상은 여러 가지로 나타났다. 화장실을 잘 가리던 다홍이가 갑자기 침대 위에 소변 실수를 하거나 스프레이(발정기에 접어든 고양이가 오줌을 가늘게 분사하는 행동)를 시도하기도 했으며, 밖으로 나가고 싶다고 문을 향해 계속 울어대기도 했다. 중성화를 고민해야 할 시기가 왔다는 뜻이었다.

사실 고양이를 키우면서 제일 먼저 알게 된 것이 중성화였다. 대부분의 집사가 아이들의 건강을 위해 중성화를 선택하지만, 나는 살짝 망설일 수밖에 없었다. 이유는 딱 하나!

다홍이의 우월한 유전자가 너무 아까워!

　욕심 같아서는 다홍이에게 좋은 짝을 지어줘 손주를 보고 싶었
다. 다홍이를 쏙 빼닮은 아기들이라면 얼마나 예쁠지 상상만 해도
심장이 두근거렸다. 하지만 다홍이와 오래오래 건강하게 살기 위해
수술을 결심했다.

　옆구리에 난 혹을 제거할 때도 그랬지만, 다홍이가 수술실에 들
어가면 기다리는 동안 내 속은 바짝바짝 타들어 갔다. 초조한 마음
을 감추지 못하고 수술실 앞에서 서성이기를 여러 번. 힘든 시간을
견디고 다홍이가 돌아왔다.

마취가 서서히 풀려 힘들어하는 다홍이를 안고 집으로 가는 동안, 녀석의 몸 상태가 걱정되었다. 중성화 수술을 하고 나면 이상 행동을 하는 고양이들이 많다고 하던데, 다홍이도 그럴까 싶어 염려스러웠다.

아니나 다를까, 집에 도착한 다홍이는 당일 저녁에 약간 의기소침해 하더니 이상 행동을 시작했다. 뜬금없이 물이 담긴 그릇으로 돌진하여 물장구를 쳐대고 심술을 부리다가 수술을 시킨 나를 원망하듯 야옹야옹 울어댔다.

너무한 거 아니냐홍! 사나이로 가는 길을 막다니! 아빠 밉다홍!

서러운 듯 끊임없이 울부짖는 다홍이 앞에서 나는 계속 미안하다고 할 뿐이었다. 다행스럽게도 다홍이의 특이 행동은 하루 만에 끝이 났다. 나는 지금도 다홍이에게 이야기한다. 비록 사나이의 자존심(!)은 잃었지만 건강을 보장받았으니 더 좋은 거야, 다홍아! 아마도……?

footer nav

10

탈출, 껌딱지!

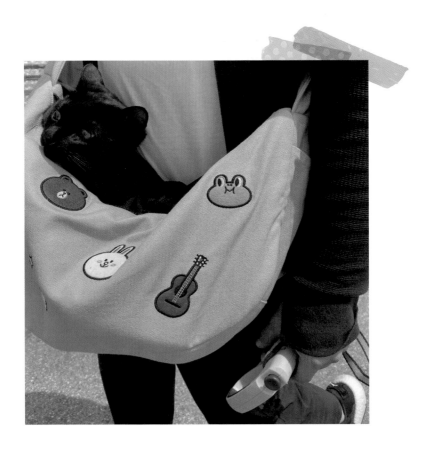

다홍이를 키우면서 한 가지 고민이 생겼다. 다홍이가 나를 너무, 많이, 심각하게 사랑한다는 것! 이 무슨 배때기가 부른 소리냐고도 할 수 있겠지만, 다홍이는 과하다고 느껴질 정도로 나를 좋아하고 또 집착했다.

누워 있다가도 내가 조금만 움직이면 벌떡 일어나고, 내가 가는 곳이면 거기가 어디든 졸졸 쫓아다녔다. 그리고 내가 무엇을 먹는지, 무엇을 하는지 항상 궁금해했다. 방문을 닫고 혼자 있으려고 해도 다홍이가 이를 허락하지 않았다. 문은 언제나 활짝 열려 있어야 했으며, 나는 다홍이 시선이 닿는 곳에 있어야만 했다. 하루 24시간 언제나 아빠 옆에 찰싹! 껌딱지도 그런 껌딱지가 없었다.

문제는 내가 외출했을 때다. 다홍이 사룟값을 벌기 위해 어쩔 수 없이 일을 하러 나가야 하는데, 그럴 때면 다홍이는 자기를 두고 어디 가느냐고 서럽게 울어댔다. 반려동물들이 주인과 떨어질 때 나타난다는 분리 불안. 다홍이에게도 그것이 찾아온 것이다.

그런 다홍이를 두고 나가는 게 너무 미안했지만, 그렇다고 일을 하지 않을 수는 없었다. 다홍이를 평생 지켜주고, 죽을 때까지 책임지려면 돈이 필요했으니까.

"미안해, 다홍아. 조금만 참아. 아빠 금방 다녀올게. 응?"

크고 동그란 두 눈으로 날 애처롭게 쳐다보는 다홍이를 어르고 달랜 뒤 겨우 일을 나가면 마음이 그렇게 불편할 수가 없었다. 서둘러 일을 마치고 집으로 가면, 다홍이는 자다가도 벌떡 일어나 나를 반기러 달려 나오곤 했다. 너무 서둘러 나오다가 미끄러질 때도 있었는데, 그런 다홍이가 너무 짠하면서도 귀여워서 애정이 듬뿍 담긴 뽀뽀를 퍼붓기도 했었다.

하지만 시간이 흐르면서 상황은 조금 달라졌다. 어느새 묘생 2년 차, 질풍노도의 시기를 거치고 이제는 사람 나이로 치면 성인이 되어서 그런지 다홍이는 점점 혼자만의 시간을 누리게 되었다.

예전에는 단 한시도 떨어지지 않겠다는 듯 종일 종종거리며 나를 따라다니곤 했는데, 최근에는 아무리 불러도 오지 않을 때가 종종 있다.

언제 적 얘기를 하는 거냐홍? 난 이제 애가 아니라홍!
어엿한 어른 고양이라홍!

　시니컬한 눈빛으로 날 바라보는 다홍이를 보고 있자니 살짝 서글퍼졌다. 훌륭한 남자로 자라 의젓해진 다홍이가 대견하면서도 한편으로는 약간 서운하다. 늘 내 곁에 찰싹 달라붙어 애교 부릴 때는 언제고, 저렇게 태연한 눈으로 날 쳐다보기만 하다니! 이래서 자식이 크면 부모의 마음이 헛헛해진다고 하는 건가 보다.

　껌딱지 다홍, 보고 싶다. 돌아와!

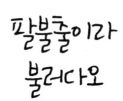

11

팔불출이라
불러다오

솔직히 말하자면, 지금까지 사람들이 자식 사진을 남에게 보여주는 것이 이해되지 않았다. 내게 사진을 들이밀면 "아이고, 예쁘네요."라는 말로 예의를 갖출 뿐, 마음속에서 우러나오는 반응을 한적은 없었다.

그런데 다홍이를 키우고 나서는 내가 바로 그 부모의 입장이 되어버렸다. 사람들과 대화하다가도 다홍이 이름만 나오면 나도 모르게 핸드폰 속 사진을 보여주며 자랑하기 바빴다. 심지어 방송할 때도 다홍이의 행동 하나하나를 설명하고 싶어 입이 근질거렸다. 무슨 얘기를 해도 기승전다홍! 다홍이 얘기로 시작해서 다홍이 얘기로 끝이 났다.

다홍이가 TV 프로그램에 나가는 날이면 걱정이 되어서 잠도 제대로 이루지 못했다. 실제로 SBS〈뷰티 앤 더 비스트〉촬영을 할 때는 제작진에게 나는 괜찮으니 우리 다홍이 예쁜 모습만 잘 담아 달라고 신신당부를 했다. 방송 날에는 다홍이가 어떤 모습으로 나올지 초조한 마음으로 기다렸다. 너무 애간장이 탄 나머지 소주까지 마셨더랬다. 그런 내 모습을 보며 주변 사람들은 입을 모아 이렇게 말했다.

"아이고, 이 팔불출아!"

그래. 팔불출이라 불려도 괜찮다. 우리 다홍이의 멋짐을 세상 사람들에게 알릴 수만 있다면 나는 뭐가 되든 좋다. 그러니까 여러분, 세상에서 제일 멋지고 귀엽고 사랑스럽고 예쁜 우리 다홍이 좀 봐주세요!

12

'고잘알'? 아니죠!
'다홍잘알'? 맞습니다!

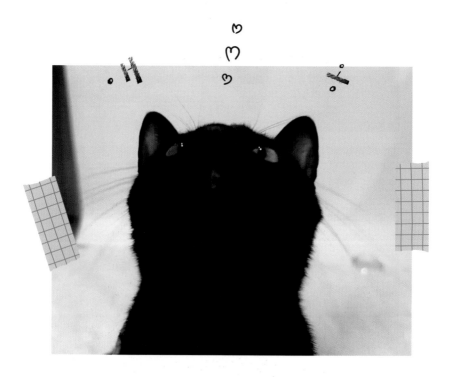

고양이의 '고' 자도 모르던 '고알못' 시절을 지나 어느덧 2년 차 집사가 된 요즘. 이제는 다홍이 얼굴만 봐도, 목소리만 들어도 무엇을 원하는지 찰떡같이 알아들을 수 있다.

  "야~옹!"
  "왜, 다홍아? 밥 먹고 싶어?"
  "야아-옹!"
  "그래, 화장실 가고 싶구나?"

  언뜻 듣기에는 다 똑같은 울음소리 같은데 어쩌면 그렇게 다홍이와 의사소통이 잘되느냐고 궁금해하는 이들도 많다. 그럴 때마다 나는 이렇게 대답한다.

  "이게 다 사랑의 힘 아니겠습니까?"

  그렇다. 이건 분명히 사랑이다. 다홍이는 나의 모든 것을 다 주어도 아깝지 않은 존재다. 내가 이렇게 다홍이를 사랑할 수 있는 건 다홍이도 나를 사랑하기 때문이다. 아무런 조건 없이 그저 바라봐주는 맹목적인 사랑. 그 누구에게도 받아본 적 없는 그 따뜻한 사랑을 나는 이 작은 고양이 덕분에 알았다.

다홍이는 내가 세상에서 제일 사랑하는 존재니까 녀석에 대해 더 알고 싶었다. 그래서 열심히 고양이에 대해 공부했다. 고양이를 키우는 사람들이 모인 인터넷 카페 가입은 필수! 다홍이가 어떤 행동을 하면 곧바로 검색해 알아보고 관련 서적도 열심히 살펴보았다. 고양이 유튜브 동영상도 모두 섭렵했다. 그런데도 잘 모르는 부분이 있으면 다른 집사님들을 통해 정보를 얻었다.

그래서 '고잘알(고양이를 잘 아는 사람)'이 되었느냐고 묻는다면 내 대답은 "NO"! 하지만 '다홍잘알(다홍이를 잘 아는 사람)'이 되었느냐는 질문에는 당당하게 "YES"라고 대답할 수 있다. 다홍이와 이만큼 오랜 시간을 보낸 나보다 다홍이를 잘 아는 사람은 세상 그 어디에도 없을 테니까.

오늘도 어김없이 다홍이는 아름다운 에메랄드 빛의 초록색 눈으로 나를 바라보며 예쁜 목소리로 울어댄다. 저 울음소리는 분명 이런 뜻이리라.

아빠, 사랑한다홍!

역시 내 짐작이 맞았다. 다홍이는 방금 날 사랑한다고 말한 게 분명하다. 나는 오늘도 '다홍잘알'의 길을 당당히 걷는다.

다홍이의 하루

" 지금까지 단 한 번도 공개한 적 없는
나의 하루 일과를 여러분에게만 살짝 공개한다홍! "

① 다홍이 기상!   TIME 09:00~10:00

우리 아빠는 스케줄이 없을 때면 아침 9시쯤 일어난다홍. 거실 캣타워
에서 혼자 놀고 있다가 잠에서 깬 아빠가 다정한 목소리로 "다홍아~"
하고 부르면 얼른 침실로 간다홍! 침대 위로 폴짝 뛰어올라서 반쯤 감긴
눈을 겨우 뜨고 날 보며 웃어주는 아빠에게 아침 인사를 한다홍! 만약

아빠가 날 안 부르고 침대 위에서 휴대폰만 하고 있다면 왜 날 안 부르냐고 항의하러
가기도 한다홍! 그럼 아빠는 나한테 장난친다고 자는 척을 하는데, 난 다 알지만 속아
주는 척한다홍. 그럼 아빠는 껄껄 웃으며 좋아하고는 내 엉덩이를 톡톡 두들겨준다홍.
난 그 손길이 너무너무 좋다홍!

② 즐거운 아침 식사   TIME 10:00~11:00

아빠는 일어나자마자 제일 먼저 내 밥을 챙겨준다홍! 신선한 물도 잊지 않
는다홍. 밤새 아빠 곁을 지키느라 조금 배고파서 아침을 허겁지겁 먹다 보
면 아빠도 본인 밥을 챙기고 있다홍. 아빠가 거실에 자리를 잡고 TV를 보
면 난 아빠 옆에 앉아 있다홍! 음, 오늘 아침은 김치찌개냐홍? 맛있겠다

홍! 아빠가 밥을 잘 챙겨 먹는지 참견을 하지만 절대 사람 음식에는 손을 안 댄다홍.
그게 매너라고 배웠다홍!

③ 아빠와 즐거운 산책 & 놀이　　TIME 11:00~13:00

너무 더운 시간은 되도록 피해서 산책을 많이 간다홍. 오늘은 오전에 살짝 다녀왔다홍. 우리가 살고 있는 아파트 내에 안전한 산책 장소가 따로 있다홍! 난 여기서 바람 냄새를 맡으며 돌아다니는 것을 좋아한다홍. 가끔 사마귀 친구를 만나기도 하는데, 정말 재미있다홍! 아빠가 내 사냥 실력에 깜짝 놀란 적도 있다홍.

산책을 다녀온 후에는 집에서 재미있게 논다홍! 내가 제일 좋아하는 쥐돌이 장난감으로 신나게 놀다 보면 기분이 정말 좋다홍. 이렇게 아빠랑 함께 놀 때 가장 행복하다홍!

④ 달콤한 낮잠 타임　　TIME 13:00~16:00

놀다보면 피곤해지는 게 묘지상정! 그럼 나는 창가에 놓인 캣타워에 올라가 바구니에 몸을 누인다홍. 이 자리를 제일 좋아하기 때문이다홍. 내가 낮잠을 자는 사이 아빠는 점심을 먹기도 하고 스케줄을 확인하거나 밀린 청소를 하기도 한다홍. 우리집에는 나 말고 해수어와 담수어 녀석들도 사는데, 아빠는 물고기들이 사는 집을 청소하기도 한다홍. 처음에는 물고기들이 신기했지만 지금은 별로 관심이 가지 않아 무시하고 잠만 잔다홍.

아빠는 할 일을 다 끝내면 자고 있던 날 한 번 쓰다듬고는 소파에 누워 낮잠을 잔다홍. 그럼 나는 슬쩍 눈을 뜨고 캣타워에서 내려와 아빠 품으로 달려가 같이 잠을 청한다홍! 아빠는 지금까지 살면서 낮잠을 자본 적이 없는데, 나를 키운 뒤부터 낮잠을 자게 됐다고 했다홍. 내가 아빠의 수면제다홍!

135

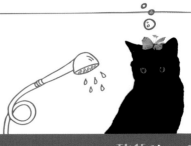

⑤ 뽀송뽀송하게 목욕　　　TIME 16:00~17:00

산책하러 나갔다 오면 몸에 '지지'가 많이 묻는다홍. 보통은 드라이룸에 들어가 먼지를 털어내지만 2~3달에 한 번은 아빠가 목욕을 시켜준다홍! 나는 물이 썩 좋지는 않지만, 그래도 아빠와 깨끗하게 생활하기 위해 꾹 참는다홍. 아빠의 손길이 무척 다정하고 부드러워서 참을 만하다홍! 목욕하고 나오면 아빠가 맛있는 간식도 줘서 은근히 목욕 시간이 기다려지기도 한다홍!

⑥ 행복한 저녁 식사　　　TIME 17:00~18:00

아빠가 아침에 밥을 챙겨주긴 하지만 기본적으로 자율 배식을 한다홍! 내가 먹고 싶을 때 밥을 먹으면 되지만, 왠지 아빠가 밥을 먹을 때 함께 먹어야 더 맛있는 것 같다홍. 그래서 아빠가 식사를 차리기 시작하면 나도 내 밥을 먹는다홍. 사료 외에도 가끔 아빠가 직접 음식을 해주기도 하는데, 정말 맛있다홍! 우리 아빠는 조리사 자격증도 있다고 들었다홍. 못 하는 게 없는 우리 아빠가 정말 멋있다홍!

⑦ 아빠와 함께 TV 시청   TIME 18:00~21:00

저녁을 먹고 나면 아빠랑 거실 소파에서 뒹굴거린다홍. 아빠는 TV로 예능 프로그램을 보거나 영화를 보는데, 나를 데려온 이후에는 동물 관련 영상을 많이 본다고 했다홍! 나도 다른 친구들이 나오는 영상을 보는 게 정말 즐겁다홍. 아빠 옆에 찰싹 달라붙어 여유롭게 TV를 보는 시간이 꽤 마음에 든다홍.

가끔 아빠가 유튜브에 올린 내 영상을 TV로 재생할 때도 있는데, 그럴 때면 나는 꼼꼼하게 모니터를 한다홍. 영상 속 내 모습은 언제 봐도 멋있다홍! 하지만 실물이 100배는 더 멋있는데, 랜선 집사님들이 그 사실을 알려나 모르겠다홍.

⑧ 잘 자요, 굿나잇!   TIME 21:00~24:00

하루 종일 재미있게 놀았으니 이제 잘 시간이다홍. 나는 아빠 머리맡에 있는 방석에 주로 자리를 잡는다홍. 때로는 침대 밑에 있는 방석에 눕기도 한다홍. 자기 전에 아빠 옆으로 가서 눈인사와 코인사를 하고 궁디팡팡도 만족할 만큼 당한다홍! 그리고 아빠가 불을 끄면 내 자리로 가 얌전히 눕고 아빠 냄새를 맡으면서 꿈나라로 향한다홍. 내일도 아주 즐거운 하루가 될 것 같은 기분이 든다홍!

Part 3.

내 옆에 네가 있어
다행이야

과묵한 고양이

Black Cat Dahong

　　고양이도 사람처럼 저마다 성격이 다르다. 저기 저 회색 고양이
는 왈가닥, 옆에 있는 노란 고양이는 세상에서 제일가는 소심쟁이,
아래에 있는 고등어는 도도한 깍쟁이! 그럼 다홍이는 어떠냐고 묻
는다면? 우리 다홍이는 과묵한 순둥이라고 말할 수 있겠다.

　　다홍이는 정말 말이 없다. 내가 밖에 나가거나 집에 들어왔을 때
"야옹!" 하면서 인사를 하거나 자기 화장실 간다고 알릴 때, 간식
이 먹고 싶거나 놀고 싶을 때 살짝 우는 것이 전부다. 많이 울어 봤
자 하루에 다섯 번 정도? 다홍이의 예쁜 목소리를 듣는 건 쉬운 일
이 아니다.

우리 다홍이는 과묵한 데다가 순하기까지 하다. 싫은 일이 있어도 짜증 한 번 내지 않고 무조건 참는 아이라, 아빠로선 참 안쓰럽고 마음이 쓰인다. 다홍이 너만은 나처럼 참지 말고, 희생하지 말고 자기 마음대로 살았으면 좋겠는데. 하고 싶은 거 다 하고, 먹고 싶은 거 다 먹고, 놀고 싶은 거 다 놀고 말이다.

"다홍아, 아빠는 네가 원하는 거 다 해줄게!"
"야옹!"

과묵한 고양이가 오랜만에 입을 뗐다. 왠지 내 마음을 알고 있는 듯하다.

✱ ✱ ✱ ✱ ✱ ✱ ✱ ✱ ✱ ✱ ✱ ✱ ✱ ✱ ✱

02

사소한 행복

유난히도 춥던 겨울이 지나고 또다시 찾아온 봄. 다홍이와 함께 맞이한 첫 번째 봄은 나에게 그 무엇보다도 소중하고 특별했다. 그런 봄날의 기억 중 하나가 아직도 날 설레게 한다.

그날은 모처럼 스케줄이 없었다. 밀린 청소를 싹 하고도 여유가 생기자, 환기를 위해 거실 창문을 활짝 열었다. 그러고는 거실 바닥에 발라당 드러누워 살랑살랑 불어오는 봄바람을 즐겼다.

그러자 멀찍이 떨어져 혼자 놀고 있던 다홍이가 우다다다 달려오더니 내 품으로 파고들었다. 난 그런 다홍이를 어루만지다가 몸을 쭉 끌어당겨 내 팔에 작은 얼굴을 기댈 수 있도록 했다. 다홍이는 기다렸다는 듯 팔베개를 하고 골골송을 불러댔다.

아빠 사랑한다홍. 지금 너무 행복하다홍!

　깨끗한 집과 기분 좋게 불어오는 선선한 바람, 내 품에 안긴 작은 고양이. 어느 누구에게도 방해받지 않는 그 평온한 시간이 나는 정말 눈물 나게 행복했다. 남들에게는 별것 아닌 사소한 순간으로 보일 수 있겠지만, 내게는 천금을 주어도 바꿀 수 없는 소중한 시간이었다.

03

'꾹꾹이' 할 줄 모르는
고양이

고양이들은 가끔 양쪽 앞발을 번갈아 내밀며 무언가를 누르는 듯한 동작을 취한다. 이른바 '꾹꾹이'라고 불리는 행동이다. 이는 어린 시절 어미젖을 빨 때 하는 동작인데, 성묘가 된 후에도 엄마 품에 안긴 듯 편안하거나 기분 좋은 일이 생기면 고양이들은 어김없이 '꾹꾹이'를 시도한다.

이 '꾹꾹이'를 받는 것은 집사들의 기쁨이다. 그만큼 고양이가 집사의 품에서 편안함을 느낀다는 증거니까. 그래서 나도 우리 다홍이의 '꾹꾹이'를 내심 기대했더랬다.

그런데 어찌 된 일인지 우리 다홍이는 좀처럼 '꾹꾹이'를 하는 법이 없었다. 처음에는 걱정스러웠다. '다홍이가 우리 집에서는 행복을 느끼지 못하는 걸까?'하는 쓸데없는 생각도 자꾸 들었다.

하지만 그렇다고 하기에는 다홍이의 행동이 영 수상쩍었다. 녀석은 시도 때도 없이 내 옆에 벌러덩 누워 끊임없이 '골골송'을 부르며 자신이 행복하다는 것을 온몸으로 표현했다.

알고 보니 다홍이는 '꾹꾹이' 자체를 할 줄 몰랐다. 아마도 태어난 지 한 달도 채 안 된 시점에 어미와 떨어진 모양이었다. 어미젖을 제대로 빨아 보기도 전에 다른 곳으로 이동했겠지. 여기까지 생각이 미치니 다홍이의 행동이 어느 정도 이해가 됐다.

어쩌면 어린 다홍이는 젖을 떼기도 전에 강제로 어미로부터 분리되어 사람 손을 탔을지도 모른다. 그러다가 병이 들어 누군가에게 버림받았던 게 아닐까? 처음 본 내게 두려움 없이 다가왔던 것이나 좀처럼 사람들을 경계하지 않는 모습, 그리고 단 한 번도 '꾹꾹이'를 하지 않는 것을 보며 난 나름대로의 추측만 할 뿐이었다.

사람에게 친화적인 애들은 고양이 사회에서 왕따를 당한다는 말이 있어요. 반대로 사람을 경계하는 아이들이 고양이 사회에서는 적응을 잘 하는 경우고요. 만약 길냥이가 사람을 좋아한다면 거두는 것이 좋답니다.

다홍이 유튜브 구독자님이 남긴 댓글을 읽으면서 왠지 모르게 울컥하는 기분을 느꼈다. 처음 만났던 그 흙길에서 혼자 덩그러니 앉아있던 다홍이가 떠올랐기 때문이었다. 사람에게도 버림받고, 고양이 사회에서도 적응하지 못했을 다홍이를 생각하니 가슴이 아팠다.

오늘도 내 옆에 앉아 즐겁게 '골골송'을 부르는 다홍이의 턱을 부드럽게 어루만졌다. 고양이라면 누구나 하는 행동인 '꾹꾹이'를 하지 못하는 다홍이가 안쓰러워 가슴이 아팠다. 자신의 감정을 제대로 표현하지 못하는 모습이 어쩌면 나와 비슷한 것도 같아 살짝 눈물도 났다.

하지만 다홍이가 '꾹꾹이'를 하지 않아도 괜찮다. 내가 늘 옆에 있으며 행복한지 물어보면 되니까.

"다홍아 행복하니?"
"야옹!"

다홍이의 대답은 언제나 'YES'다.

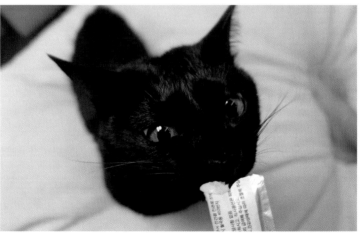

04

늘 행복할 수는
없으니까

1년 365일 항상 좋은 일만 있고 슬픔이나 절망 따위는 모른 채 살아가는 사람이 과연 있을까? 어쩌면 이 세상에 한 명쯤은 존재 할지 모르지만, 적어도 나는 거기에 해당되지 않는다.

그동안 살면서 행복하지 않았다는 말은 아니다. 늘 불행했다는 말은 더더욱 아니다. 나를 위하는 사람들 덕분에 외롭지 않았다. 즐 거울 때도 분명 있었다. 그렇게 믿었다. 그동안 미처 알아채지 못했 던 진실을 마주하기 전까지는.

X □ ∨ ♡ ○ ⋙ 𝒫

내 마음속에 의심의 싹이 자라나기 시작하면서부터 모든 것이 바뀌었다.

처음에는 애써 내 안에 생긴 의심을 외면하려고 했다. 그들을 의심하는 것 자체가 죄악이라고 여겼다. 내게는 또 다른 부모나 마찬가지인데, 나를 위해 평생을 희생한 사람을 의심하다니. 그런 생각을 품은 내가 정말 비열하고 나쁜 놈이라며 자책했더랬다.

하지만 눈앞에 펼쳐진 진실은 잔혹했다. 모든 것이 다 거짓투성이였다. 그들은 내가 홀로 외롭게 땀 흘리며 잠 못 이루고 열심히 노력할 때, 뒤에서는 내게 보였던 모습과는 전혀 다른 삶을 살고 있었다. 기가 막힐 노릇이었다.

그동안 모두 나를 위한 것이라고 믿었던 것 중 단 하나도 나를 위한 것이 없었다. 평생 나를 위해서라는 사주 이야기로 나의 눈과 귀를 막고 철저히 고립시켰으며, 다른 사람들로부터 나를 배제해 오직 본인들에게만 의지하도록 했다.

"하하!"

나도 모르게 헛웃음을 터트리며 침대에 털썩 주저앉았다. 갑작스러운 침대 반동에 몸을 웅크리고 곤히 자고 있던 다홍이가 놀라서 눈을 뜨고 나를 빤히 쳐다보았다.

아빠 왜 그러냐홍? 무슨 일 있는 거냐홍?

분명 얼마 전까지만 하더라도 내 삶에 만족하며 걱정거리 하나 없이 참 행복했는데. 신은 그런 내 모습이 못마땅했던 것일까? 그래. 늘 행복할 수는 없으니까. 맞아. 난 원래 행복한 사람이 아니니까.

여기까지 생각이 미치자, 순간 분노가 머리끝까지 치솟아 올랐다. 침대에 엎드려 어린아이처럼 눈물 흘리며 몸부림치고 절규했다. 깜짝 놀란 다홍이가 도망가는 것도 알아채지 못했다. 그동안 이 험한 세상에서 유일하게 믿고 의지했던 이들에게 배신당했다는 사실이 나를 괴롭게 했다. 나의 지난 30년의 세월이 모두 부정당하는 기분이었다.

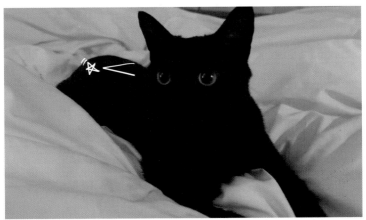

05

홀로 떨어진
밑바닥

나는 가족들에게 정말 최선을 다했다. 설령 애정의 크기가 다르다고 해도 내게 가족은 그 자체만으로도 의미가 있었으니까. 나를 지켜주고 사랑해준다고 믿으며 살았으니까.

난 내 마음을 표현해 내고자 열심히 일하고 또 일했다. 21살에 개그맨이 되어 돈을 벌기 시작한 이후로 공백기 없이 쉬지 않고 달려왔다. 내가 가진 유일한 목표가 우리 가족의 행복과 호강이었기 때문이다. 어린 시절 너무 힘들게 살았으니 내가 열심히 노력해 그들이 행복한 삶을 영위할 수 있도록 하고 싶었다.

물질은 마음이다. 돈은 그 사람의 노력과 수고가 담겨 있는 물질이자 상대방에게 마음을 표현할 수 있는 수단이다.

내가 가족들의 유일한 수익원이 되어도 상관없었다. 열심히 노력해 이룬 것들을 정당하게 나누고 그에 대한 고마움을 표시해준다면 그걸로 족했다. 하지만 그것도 욕심이었을까? 그 소박한 바람마저도 그들은 들어주지 않았다.

내가 죽으면 편해질까?

하루에도 몇 번씩 그런 생각을 했다. 어떤 방법을 써야 한 번에 아프지 않게 죽을 수 있을지 고민했다. 실제로 산에 열 번도 넘게 올랐던 것 같다. 여기서 뛰어내리면 모든 것이 끝날 것 같았다.

잠도 오지 않아 수시로 수면제를 먹었다. 밥도 제대로 먹지 못해 몸무게가 15㎏ 넘게 빠졌다. 걱정하는 주변 사람들에게는 그저 고민이 있어서 그렇다며 대충 얼버무리고 집에서는 혼자 밑바닥을 파고들며 괴로워했다.

어느 순간 자책을 넘어서 스스로를 미워하기 시작했다. 바보처럼 살았던 그동안의 세월이 안타깝고 억울했다. 바꿀 수 없는 과거를 곱씹으며 나 자신을 욕하고 몰아세우기 바빴다.

"야옹……."

답답함에 소리를 지르며 눈물을 흘리자 다홍이가 걱정 어린 눈빛으로 날 쳐다보았다. 하지만 평소와 다른 내 모습이 낯설고 무서운지 가까이 다가오지는 않았다.

안으로 들어오지 못하고 멀찍이 떨어진 채로 날 쳐다보는 다홍이를 바라보며 눈물을 훔쳤다. 다홍이는 그런 나를 뚫어져라 응시했다. 참으로 이상하게도, 그 깊고 맑은 초록색 눈을 마주하고 있으니 마음이 점점 차분해졌다. 거칠던 숨도 점점 잦아들고 슬픔으로 가득했던 머릿속도 서서히 가벼워졌다.

"다홍아, 이리 와. 괜찮아. 아빠한테 와."

평소와 다름없는 목소리로 말하며 손을 내밀자 다홍이는 그제서야 안심이 된다는 듯 발걸음을 떼었다. 그러고는 내 품에 덥석 안겨 골골송을 부르며 애교를 떨었다.

아빠 무슨 일이냐홍? 내가 여기 있다홍!

그래. 나는 살아야 한다. 모든 것을 포기하고 생을 마감하고 싶지만, 오직 나만 바라보는 작은 생명을 위해서라도 나를 붙잡아주는 진정한 내 사람들을 위해서라도 이 고난을 견뎌내야만 한다. 또다시 뺨 위로 흐르는 눈물을 느끼며 고개를 숙여 다홍이의 동그란 이마에 입을 맞췄다.

06

나는 다롱이를
구조하지 않았다

다홍이를 처음 만나고 가족으로 받아들이면서 나는 오만하게 도 내가 이 작은 고양이를 구조했다고 생각했다. 내가 다홍이를 선택했고, 아픈 다홍이를 돌보며 치료해준 줄 알았다. 다홍이가 이 세상에서 유일하게 믿고 의지할 수 있는 존재가 나라고 굳게 믿었다.

　하지만 구조된 것은 다홍이가 아니라 바로 나였다. 다홍이가 바보처럼 살던 나를 선택했고, 구조했다. 사람에게 상처 받아 너덜너덜해진 나를 따뜻한 체온으로 감싸고 치료해주었다. 믿을 구석 하나 없는 내게 든든한 버팀목이 되어주고 그 어디서도 경험해보지 못한 굳건한 신뢰를 내게 주었다. 무엇보다 다홍이는 조건 없이 나를 사랑해주었다.

　몇 번이고 삶을 놓고 싶었던 순간 나를 버티게 해준 은인. 불면증에 시달리며 잠을 이루지 못하는 밤이면 내 옆에 바싹 붙어 다정하게 눈을 깜빡여준 다정한 존재. 모든 감정이 메말라버린 나를 웃음 짓게 하는 소중한 나의 아들. 다홍이가 없었다면 난 어쩌면 모든 것을 포기했을지도 모른다. 다홍이와의 만남은 신이 내게 내린 선물임이 분명하다.

07

다시, 시작

일 년이 넘도록 혼자 고민하고 아파하던 시간 속에 나는 다홍이 인스타그램 계정과 유튜브 채널을 만들었다.

몇몇 팬들은 왜 이제야 다홍이를 보여주느냐고 나를 타박하기도 했다. 하지만 내가 일부러 늑장을 부린 것은 아니다. 나도 다홍이를 처음 입양했을 때부터 부모의 마음으로 예쁜 내 새끼를 만천하에 공개해 자랑하고 싶었다. 하지만 그러지 못했다.

바보같이 머뭇거리고 허비했던 시간이 아쉬웠다. 귀엽고 사랑스러웠던 다홍이의 어린 시절을 더 많은 분과 공유하지 못해 속상했다. 하지만 지금이라도 내게 큰 힘이 되어준 다홍이를 세상 사람들에게 자랑하고 싶었다. 너무나도 특별한 고양이인 우리 다홍이가 다른 이들에게도 힐링이 되어주리라 굳게 믿었다.

예상은 적중했다. 다홍이의 따스함에는 여러 사람을 보듬어주는 힘이 존재했다. 나처럼 가장 가까운 사람에게서 마음의 상처를 받은 이들, 누구보다 힘든 시기를 보내고 있는 이들에게 다홍이는 세상에서 가장 아름다운 위로를 전하고 있었다.

다홍이의 에너지가 사람들에게 닿으면서 덩달아 나까지 용기와 큰 사랑을 얻을 수 있었다. 얼굴 한 번 보지 못한 분들이 여러 가지 일로 힘들어하는 나를 진심으로 걱정해주는 것은 물론이거니와, 본인들의 경험과 지혜를 나눠주기도 했다. 인스타그램이나 유튜브에 달린 수많은 댓글을 보며 왈칵 눈물을 쏟은 때도 있었다. 특히, 한 분이 내게 보내준 글귀가 마음에 확 와닿았다.

소리에 놀라지 않는 사자처럼

그물에 걸리지 않는 바람처럼

진흙에 물들지 않는 연꽃처럼

무소의 뿔처럼 혼자 걸어가라

- 《수타니파타(Sutta_nipata)》중에서

그래. 괜찮아. 다홍이와 내가 사랑하는 사람들, 그리고 우리를 응원해주는 랜선 집사님들 모두를 위해 나는 다시 씩씩하게 앞으로 걸어 나가야만 했다. 나와 비슷한 상처를 받으신 분들에게 보여드려야만 했다. 살다 보면, 견디다 보면 언젠가 좋은 날이 온다는 것을 말이다.

과거 나의 무지와 게으름으로 인해 누군가를 과하게 의지하고 믿는 부분이 있었지만, 이제는 그러지 않을 것이다. 스스로의 힘으로 온전히 홀로 서서, 당당하게 사랑하는 사람들을 지킬 것이다. 그런 내 옆에 다홍이가 항상 함께하리라는 걸 믿어 의심치 않는다.

08

진짜와 가짜

힘들 때가 있으면 좋은 때도 찾아오는 것이 인생이라고 누군가 말했다. 그러니 아무리 어려워도 참고 버티라고 하지만, 막상 힘든 시기가 찾아오면 견뎌내기란 참으로 어려운 법이다.

그런 상황에서 진심이 담긴 위로는 큰 힘이 된다. 나 역시 마찬가지였다. 이번 사건을 겪으면서, 걱정 어린 목소리로 내게 안부를 묻고, 힘들면 언제든 연락하라고 말해준 이들 덕분에 쓰러지지 않고 버틸 수 있었다. 평소에는 그다지 친하지 않다고 생각했던 사람들에게서 의외로 따뜻한 안부의 연락을 받기도 했다. 그들이 내밀어준 도움의 손길이 나의 답답하고 외로운 마음을 어루만져주어 눈물이 난 적도 여러 번이다.

반면, 정말 친하다고 생각한 이들에게서 외면을 당했을 때는 너무나 큰 상처를 받았다. 내가 처한 상황을 얘기했더니, 그동안은 왜 이런 사정들에 대해 자신에게 아무런 말도 하지 않았느냐며 오히려 화를 내는 사람도 있었다. 나의 힘듦보다는 자신이 그 사실을 모르고 있었다는 것에만 집중하며 서운해하는 모습을 보니 당황스럽고 쓸쓸했다.

하지만 차라리 잘됐다. 이 일을 겪으며 진짜 내 사람과 내 사람인 척했던 가짜들을 구분할 수 있게 되었으니까.

거짓으로 점철되었던 삶을 살아온 내게 이제 더 이상 '가짜'는 필요 없다. 나는 오직 나를 위한 '진짜'만을 바라보며 살 것이다. 나를 아끼는 사람들과 내 옆을 항상 지키는 다홍이와 함께 무소의 뿔처럼 앞으로 나아갈 것이다.

열

괴롭게 사느니
외로운 게 낫다

한때 내가 좋아했던 말이다. 10년 전, 온갖 말도 안 되는 이유로 사랑하는 이와 헤어져야만 했을 때, 가족들이 내가 소망하는 모든 것들을 묵살했을 때 나는 그저 체념했더랬다. 내 뜻대로 해서 가족 간에 불화가 생기느니 그냥 내가 참는 게 낫다고 생각했다. 내가 조금 외로워도 가족이 행복하다면 그걸로 족했다.

아니, 만족하는 척했다. 개그맨으로 성공하고, 남들에게 인정받는 삶을 살고, 가족이 행복한 삶을 영위할 수 있게 되어도 나는 늘 외롭고 공허했다. 그걸 다른 데서 찾으려고 밤늦게까지 친구들을 만나고 클럽을 다녔다. 그런데도 나의 외로움과 공허함은 절대 채워지지 않았다.

하지만 다홍이를 만나고 나서 모든 것이 달라졌다. 다홍이가 나를 온전한 존재가 될 수 있도록 가득 채워줬다. 세상에서 제일 괴로운 것이 외로움이라는 사실을 인정하게 되었다. 다홍이가 있었기에 외로움이라는 괴로움에서 벗어났다. 누군가가 나를 순수하게 믿어준다는 것이 얼마나 뿌듯한지 알게 되었다. 힘들게 일하고 집에 들어갔을 때 나를 반기는 이를 보는 즐거움을 깨달았다.

"다홍아, 아빠 왔다!"

외출 후 귀가하면 다홍이는 기쁜 듯이 "야옹!" 하며 버선발로 마중 나온다. 그런 다홍이를 볼 때마다 내 얼굴 가득 웃음이 번진다. 괴롭게 사느니 외로운 게 낫다고? 아니다. 외롭게 사느니 조금 괴로운 게 낫다. 그리고 난 언젠가 이 모든 괴로움을 벗어던지고 행복해질 거다. 반드시.

10

Dreams Come True

다홍이와 함께하면서 소박한 꿈이 하나 생겼다. 아니, 다른 이들에게는 매우 소박하지만 내게는 정말 원대한 꿈이라고 할 수 있겠다. 바로 가족을 만드는 것이다.

사실 지금까지 살면서 내게는 그런 복이 없다고 생각했다. 가정을 꾸리는 것은 내게 허락되지 않은 일이라 여겼다. 그냥 부모님과 형제들을 지키고 그들이 행복할 수 있도록 열심히 사는 것이 나의 소임이라고 여겼다.

하지만 다홍이와 함께하면서 조금씩 욕심이 생겼다. 나도 온전히 나를 사랑해줄 가족을, 무조건 날 믿어줄 가족을 만들고 싶다. 항상 내 옆에 있어줄 사람과 그런 사람을 닮은 아이를 낳아 다홍이와 소소하고 행복하게 살고 싶다.

다홍이가 내게 주었던 위안과 사랑을 가족들도 느끼길 바란다.

　다홍이는 존재 자체만으로도 사람의 가슴을 따뜻하게 해준다. 그 기운을 내가 사랑하는 사람들에게도 전해주고 싶다. 특히, 언젠가 만나게 될지도 모르는 내 아이에게 말이다. 다홍이와 아이가 함께 놀고 서로 의지하며 사랑하는 사이가 되길 조심스럽게 소망한다. 이것이 욕심이 아니기를, 정말 현실로 이루어질 수 있기를 간절히 바란다.

　이런 마음이 점점 커져서일까? 요즘 어린아이와 다홍이가 노는 모습이 종종 꿈에 나온다. 눈부신 햇살 아래 정답게 놀고 있는 둘은 정말 행복해 보였다. 꿈에서 깨어난 후에도 다홍이를 끌어안고 까르륵 웃어대던 아이의 목소리가 귓가에 남아 있었다.

물론 다홍이와 단둘이 사는 삶도 너무나 완벽하다. 하지만 아주 조금 더 욕심을 내도 된다면, 다홍이에게 다정한 가족들을 더 많이 만나게 하고 싶다. 식구가 늘어나면 그만큼 더 행복한 일도 많아질 테니까. 그렇게 조금씩 나는 새로운 꿈을 꾸기 시작한다.

미니 인터뷰:
다홍이의 속사정

너만 알라홍!

Q. 안녕, 다홍아! 만나서 반가워. 자기소개 짧게 부탁할게!

A. 반갑다홍. 전곡항 출신(아빠는 자꾸 강진이랑 헷갈려 하지만)의 두 살 박다홍이라홍!

Q. 처음 아빠를 만났을 때를 기억하니?

A. 기억한다홍. 아빠는 날 빤히 쳐다볼 뿐 아무 말도 없었다홍. 그렇게 한참을 있다가 "이리 와."라고 하며 내게 손을 내밀었다홍. 살짝 망설였지만 왠지 좋은 사람인 것 같아서 조심히 다가갔다홍.

Q. 수많은 사람 중에 왜 하필 아빠를 선택해 따라간 거야?

A. 나도 잘 모르겠다훙. 난 사람을 무서워하지는 않지만, 거리에서 생활하면서 차가운 사람이 많다는 건 알고 있었다훙. 그래서 사람들을 조금 경계했는데, 아빠는 왠지 처음 보는 순간부터 따뜻한 사람인 것 같다는 생각이 들었다훙. 저 사람에게 가도 안전하겠구나, 라는 생각이 들어서 나도 모르게 가까이 다가갔다훙.

Q. 처음에 많이 아팠다면서? 힘들지는 않았니?

A. 옆구리에 혹이 생겨서 많이 아프고 속도 왠지 모르게 울렁거렸지만, 그런 것보다 배고픈 것이 먼저였다훙. 며칠 동안 굶어서 어지러울 정도였다훙. 그래서 급한 대로 땅에 떨어진 김밥을 허겁지겁 먹었더니 아빠가 날 안고 다른 음식을 줘서 정말 좋았다훙!

Q. 아빠가 처음 준 음식 기억나? 어땠어? 맛있었니?

A. 처음 만났을 때 아빠는 정말 아마추어 같았다훙. 나를 제대로 안을 줄도 몰랐다훙! 먹는 것도 그냥 사람이 먹는 걸 똑같이 먹는다고 생각한 게 분명하다훙. 구운 주꾸미나 구운 생선, 김밥 같은 걸 줬다훙! 물론, 나는 해산물을 정말 좋아하기 때문에 맛있게 잘 먹었다훙.

Q. 중간에 다른 곳으로 잠깐 입양을 갔었다며? 많이 힘들었니?

A. 정말 힘들고 아빠한테 서운했다홍. 나는 처음 봤을 때부터 우리 아빠라고 생각했는데, 계속 아빠라고 불렀는데 왜 나를 여기에 두고 간 것인지 이해가 안 되었다홍. 너무 우울하고 무기력해서 아무 것도 할 수 없었다홍.

그러다가 하루도 안 되어서 아빠가 날 다시 찾으러 와서 정말 기뻤다홍! 날 잊지 않고 데리러 와서 고맙다고 생각했다홍. 아빠 얼굴을 보는 순간 모든 걱정이 사라지고 이제 살았다는 생각에 나도 모르게 아빠 무릎에 쉬야와 응가를 해버렸다홍. 그때를 생각하면 조금 부끄럽다홍.

Q. 아빠와 정식 가족이 되었을 때 기분 좋았지?

A. 단순히 기분 좋은 게 아니라 세상을 다 가진 기분이었다홍! 나에게도 가족이 생겼다니, 믿기지 않았다홍. 따뜻한 집도 좋고 아빠가 주는 음식도 좋았다홍. 그리고 무엇보다 아빠가 정말 좋았다홍. 아빠 옆에만 있으면 안심이 되고 행복했다홍!

Q. 그런 아빠에게 불만 같은 건 없니?

A. 딱 하나 있다홍. 요새 아빠가 나 운동 시킨다고 간식을 엉뚱한 곳에 놓아둔다홍. 냉장고, 캣타워, 화장대, 옷장 선반 같은 곳에 올

려둬서 내가 사방팔방 움직여야 간식을 먹을 수 있다홍. 그냥 편하게 먹고 싶은데, 왜 자꾸 그러는지 모르겠다홍. 특히 난 아빠보다 다리가 짧아서 한 번 뛰려면 에너지를 많이 소비해야 해서 힘들다홍! 그래서 아빠한테 조금 화가 나는데, 내가 점프할 때마다 좋아서 손뼉 치는 아빠를 보면 또 화가 풀린다홍.

Q. 중성화 수술했을 때도 아빠에게 불만을 표시했다던데, 사실이야?

A. 아빠는 모를 거라홍. 소중한 그것이 없어지는 고통을! 정말 너무 아파서 아빠가 원망스러웠다홍. 그리고 더욱 원망스러웠던 것은 수술하기 바로 전날에 내게 소개팅을 시켜줬다는 거다홍! 그리고 그다음 날에 수술을 시키다니, 너무한 거 아니냐홍? 소개팅 몇 번 더 시켜줄 거라고 기대했는데 말이다홍. 어떻게 수술 전날 한 번 소개팅 해주고 나보고 연애를 하라는 거냐홍? 너무너무 서운하다홍!

Q. 아빠는 다홍이를 정말 사랑하신대. 다홍이도 알고 있지?

A. 너무 잘 알고 있다홍. 날 사랑하지 않으면 그렇게 많이 만질 리가 없다홍. 아마 다른 고양이였다면 신경질을 냈을 정도로 너무 만진다홍. 습진이 생길 정도라홍! 아빠는 손에 땀이 많아서 내 몸을 만질 때마다 털이 축축하게 젖는다홍. 그래서 열심히 그루밍을 하면 또 만진다홍. 아빠는 사랑을 숨기지 않는다홍. 조금 귀찮을 때도 있지만, 그런 아빠라서 더 사랑한다홍!

Q. 아빠가 말하길 다홍이가 요즘 사나이의 길을 걷느라 고독을 좀 즐긴다고 하더라. 심경에 변화가 찾아온 거야?

A. 아빠는 날 너무 애 취급 한다홍. 어릴 때는 아빠가 부르면 가고, 앉으라고 하면 앉았다홍. 근데 그때는 애기였다홍! 이제는 나만의 시간이 필요하다홍. 난 남자고, 남들과는 다른 멋진 고양이다홍. 혼자 있을 때는 다 이유가 있으니 내버려 두었으면 좋겠다홍.

Q. 유튜브 채널에 다홍이 팬 많은 거 알고 있어? 팬들한테 하고 싶은 말이 있을까?

A. 사람들이 날 좋아하는 건 알고 있다홍. 어디를 가든 사람들이 내 이름을 부르고 예뻐해줘서 기분이 좋다홍. 그래서 나도 사람들이 좋다홍! 요즘에는 아빠가 랜선 집사님들 얘기를 많이 해준다홍. 참 고마운 분들이라고 했다홍. 나도 그분들을 위해 열심히 활동하려고 한다홍. 내가 보고 싶어도 조금만 기다리라홍!

Q. 앞으로 아빠랑 어떻게 살고 싶어?

A. 아빠랑 많은 시간을 보내고 싶다홍. 근데 아빠는 사룟값 벌어야 한다고 매일 일을 나간다홍. 예전에는 아빠를 배웅하러 나가고는 했는데, 이제는 그냥 안 나간다홍. 아빠 나가는 거 보면 속상해서 차라리 자버린다홍. 내가 자고 있을 때 아빠가 나가는 게 더 좋다홍.

욕심 같아서는 아빠가 일을 많이 안 하고 나랑 종일 놀았으면 좋겠다홍. 아빠가 밤늦게 들어와서 힘들어하는 걸 보면 놀아달라고 하고 싶어도 말을 못 한다홍. 아빠가 안쓰럽다홍. 그래서 아빠랑 약속했다홍. 앞으로 몇 년만 더 고생하자고. 그럼 내가 원하는 대로 아빠가 내 옆에 오래 있을 거라고 했다홍. 근데 고양이에게 몇 년은 수십 년이라홍! 내가 더 나이 들기 전에 아빠가 분발해서 돈 많이 벌었으면 좋겠다홍.

수다홍들만
알고 있으라홍!

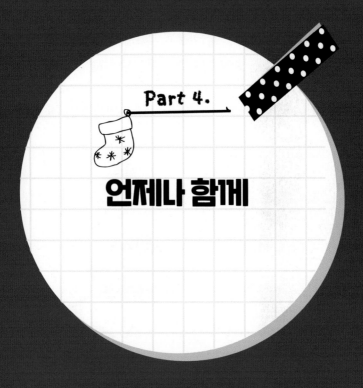

Part 4.

언제나 함께

부전자전

요즘 거리를 걷다 보면 많은 분들이 걱정 어린 목소리로 나를 위로해주신다. 용기 내어 시작한 유튜브와 인스타그램에도 댓글이 정말 수도 없이 달리고 있다. 참으로 감사한 일이다. 얼굴 한 번 본 적 없는 나를 진심으로 걱정해주는 분들에게 늘 이렇게 말한다.

"괜찮습니다. 저는 정말 괜찮아요!"

빈말이 아니라 사실이다. 한때 너무나도 힘든 시기를 보냈지만, 난 이를 씩씩하게 이겨내고 있다. 내가 이처럼 원래의 모습을 되찾아갈 수 있었던 건 다 우리 다홍이와 아낌없는 응원을 보내준 다홍이의 팬, '수다홍'님들 덕분이다.

다홍이의 아름다운 초록색 눈을 가만히 보고 있으면 마음이 편안해진다. 수다홍님들의 조언과 따뜻한 댓글을 보면 힘이 난다. 인스타그램과 유튜브에 다홍이 사진과 영상을 올리면서 힐링한다.

말 나온 김에 자랑 한 번 하자면, 우리 다홍이 눈은 정말 특출나게 예쁘다. 검은 고양이 특성상 대부분의 아이가 노란색 눈을 지니고 있다. 그런데 다홍이의 눈은 특이하게도 초록색이다. 그냥 초록색도 아니고 안쪽에 옅은 노란빛을 띠고, 밖으로 퍼져 나오면서 눈 전체가 서서히 녹색 빛을 띠는 그런 모습이다. 그래, 하와이에 있는 아름다운 해변과도 같은 느낌이다. 깊은 바닷속처럼 반짝반짝 빛나는 에메랄드빛 눈동자. 난 그런 다홍이의 눈을 정말 사랑한다.

그런데 눈만 예쁘냐 하면 그건 또 아니다. 다홍이는 예쁜 구석이 정말 많아서 말하다가 밤을 새워도 모자랄 판이다. 우선 모질이 정말 좋다. 참기름 바른 것처럼 윤기가 좌르르 흐른다. 따로 특별한 관리를 해주는 것도 아닌데 타고난 모질이 좋은 듯하다.

몸매는 또 얼마나 예술인지 볼 때마다 감탄이 절로 나온다. 팔다리는 길쭉길쭉하고 뱃살이 하나도 없다. 자율 급식을 하는데도 스스로 식사량을 조절하는 편이라 살이 잘 찌지 않는 것 같다. 만약 우리 다홍이가 사람이었다면 무조건 모델로 성공했을 것이다.

아니다. 저 잘생긴 얼굴을 보니 어쩌면 배우를 했을지도 모르겠다. 얼굴은 조막만 한데 그 안에 이목구비가 꽉 들어차 있다. 오똑한 코와 앙증맞은 입술이 정말 매력적이다. 사람들이 괜히 '미묘'라고 하는 게 아니다. 특히 옆모습이 정말 환상적인데, 어떨 때 보면 내 옆모습과 닮은 것도 같다. 역시 아빠가 잘생기면 아들도 잘생긴다더니, 어른들 말씀 틀린 것 하나 없다.

02

여기 특기 하나 추가요!

"다홍이 진짜 고양이 맞아요? 아무리 봐도 강아지 같은데!"

다홍이를 만난 사람이라면 한 번씩 꼭 물어보는 말이다. 사실 나도 우리 다홍이를 보고 있으면 가끔 헷갈린다. 얘가 고양이였던가, 강아지였던가?

다홍이가 고양이보다 강아지에 가까운 성질을 보이는 건 어쩌면 내가 원인일지도 모르겠다. 다홍이를 처음 만났을 때 영락없는 '고알못'이었던 나는 강아지처럼 녀석을 대했다. 화장실도 알아서 가리기에 그러려니 했고, 강아지들처럼 산책도 시켰다.

여기서 끝이 아니다. 강아지들은 '앉아', '기다려' 훈련을 기본으로 하니까 아무 생각 없이 다홍이에게도 가르쳤다. 먹이를 손에 들고 "다홍아, 앉아!"라고 말하며 엉덩이를 살짝 눌러준 뒤 먹이를 주었다. 그렇게 딱 다섯 번만 했더니 다홍이는 '앉아'를 터득했다. '기다려'도 마찬가지였다. 이때만 하더라도 다른 고양이들도 이 정도는 기본으로 하는 줄 알았다.

다홍이가 '점프'까지 해낸 뒤에야 이 녀석이 보통 고양이가 아님을 깨달았다. 남들은 하나만 배워도 대단하다고 할 장기를 무려 네 개나 연마하다니! 우리 다홍이는 천재 고양이임이 분명하다.

"누구 아들인데 이렇게 잘생기고 똑똑하지? 응? 다홍아!"

왠지 모를 뿌듯함에 다홍이를 끌어안고 쪽쪽 입을 맞추었다. 그러자 다홍이는 귀찮은 듯 귀여운 솜방망이로 내 얼굴을 쭉 밀어내었다.

뽀뽀 좀 그만하라홍! 내 얼굴 닳겠다홍!

나는 다홍이의 솜방망이에 밀려나면서도 실실 웃어댔다. 오구오구, 내 새끼! 어쩜 이렇게 자기 의사 표현도 확실하지? 역시 천재 고양이다.

문제는 그 다음이었다. 다홍이의 장기 및 특기가 하나 더 생긴 것이다. 심지어 내가 가르쳐주지도 않았는데 말이다. 다홍이의 새로운 특기는 바로 '손톱을 포크처럼 사용하기'다. 이 특기는 건식 간식을 먹을 때 빛을 발한다.

평상시에 다홍이가 좋아하는 건식 간식, 예를 들어 가자미 같은 것을 물 안에 넣어준다. 그럼 간식에 물이 스며들어 부풀어 오르고 그것을 꺼내 다홍이에게 먹이는 식이다. 그런데 어느 순간부터 내가 꺼내 주기도 전에 다홍이가 스스로 앞발을 내밀어 간식을 꺼낸다. 그것도 그냥 꺼내는 게 아니라 발톱을 내밀어서 포크처럼 찍어 사람처럼 먹는다.

이 모습을 함께 목격한 이가 있다. 바로 다홍이를 처음 구조했을 때 같이 있었던 카메라 감독 형님이다. 형님은 사람처럼 간식을 손톱으로 찍어 먹는 다홍이를 보고 혀를 내두르며 말했다.

"정말 신기하다. 고양이들은 원래 다 이래?"
"나도 몰라."

형님의 물음에 나는 멍한 목소리로 대답했다. 내 아들이지만 정말 신기하면서도 이해할 수 없는 존재다. 다홍이는 이제 강아지를 넘어 사람이 될 요량인가 보다. 어쩌면 다홍이가 서울대 입학을 꿈꾸는 건 아닌지 진지하게 고민해 보는 밤이다.

03

패셔니스타 박다홍

Black Cat Dahong

208

요즘 새롭게 생긴 취미가 하나 있다. 다홍이 옷 쇼핑하기! 틈만 나면 인터넷 쇼핑몰에 들어가 다홍이에게 어울릴 만한 옷을 고르고, 퇴근길에 자주 가는 반려동물 옷가게에 들러 예쁜 신상이 없는지 살핀다.

베테랑 집사님들에게 새로운 취미에 관해 이야기하면 다들 "고양이 옷을 왜 사요? 어차피 입지도 않는데!"라며 고개를 갸웃거린다. 그럼 난 덤덤한 목소리로 이렇게 말한다.

"우리 다홍이는 입어요!"

말 그대로 다홍이는 옷을 참 잘 입는다. 단순히 입고만 있는 게 아니라 입은 채로 활동도 잘한다. 옷에 대한 거부감도 없다. 옷만 입히면 제대로 걷지도 못하고 고장 난 로봇처럼 뚝딱거리는 다른 고양이들을 생각해보면 정말 희한한 일이 아닐 수 없다.

오늘도 어김없이 예쁜 초록색 티셔츠를 입고 내 앞에서 살랑살랑 걸어 다니는 다홍이를 보며 생각했다.

다홍이 이 녀석, 연예묘 기질이 정말 다분하구나!

연예인의 필수 덕목 중 하나는 옷을 잘 입는 것이다. 여기서 '잘 입는다'는 것은 패션 센스를 뜻하는 게 아니다. 옷을 입는 행위 자체를 견뎌내는 것을 뜻한다.

그도 그럴 것이 웬만한 연예인들도 코디가 옷을 여러 번 입히면 힘들어한다. 옷 입기를 정말 즐기고 꾸미는 일을 행복해하는 진정한 스타는 얼마 안 된다는 소리다. 그 얼마 안 되는 스타 중 하나가 바로 나다.

난 정말 옷을 좋아한다. 그렇다고 누군가의 주장처럼 비싼 옷을 골라 입고 사치를 한다는 말이 아니다. 나의 주된 무대는 바로 동대문! 시기별로 동대문에 방문해 예쁜 옷을 구경한다. 단언컨대, 나만큼 동대문에 자주 가는 연예인도 없을 것이다.

그렇게 쇼핑한 옷들을 입고 방송을 하면 정말 기분이 좋다. 예쁜 옷을 입으면 방송도 잘된다. 스케줄에 쫓겨 코디가 옷을 여러 번 갈아입혀도 전혀 힘들지 않다. 옷은 내가 꾸준히 일을 할 수 있는 원동력이기도 하다.

다홍이가 그런 내 모습을 닮은 게 아닐까 종종 생각한다. 부자는 닮는다고 하니까! 다른 점이 있다면 아빠에겐 없는 섹시함과 시크함이 있다는 것 정도? 한 마리의 퓨마처럼 멋있고 도도한 다홍이는 호피 무늬 퍼가 정말 잘 어울린다. 다홍이의 눈 색깔을 연상시키는 초록색 옷과도 찰떡이고, 빨간색 옷도 정말 예쁘게 잘 받는다.

"다홍아, 오늘은 어떤 옷 입을까?"
"야옹!"

나의 물음에 다홍이는 심각한 표정으로 옷들을 살펴본다.

아무래도 이게 좋겠다홍!

본 투 비 패셔니스타 박다홍은 오늘도 변함없이 멋질 예정이다.

04

스타는 피곤해

　유튜브와 인스타그램에 다홍이의 일상을 공개한 후 정말 감사하게도 많은 분께 큰 사랑을 받고 있다. 처음 계정을 만들 때만 하더라도 그저 우리 예쁜 다홍이의 모습을 사람들에게 자랑하고 싶다는 마음뿐이었는데, 열화와 같은 성원에 매일매일이 감동이다.

　팬들이 점점 늘어나면서 다홍이 관련 일도 많이 들어오기 시작했다. 이 책도 쓰게 되었고, 각종 광고 제의는 물론이거니와 방송 출연 섭외도 여러 번 받았다. 내 일이었다면 시간 되는 대로, 체력 되는 대로 모든 일을 해냈을 테지만 다홍이와 관련된 일은 그럴 수 없다. 다홍이의 허락이 필요하기 때문이다.

　다홍이는 까다로운 연예묘는 아니다. 활동하는 것에 제법 적극적이고 넘치는 호기심으로 새로운 영역에 도전하는 걸 좋아한다. 게다가 낯선 공간에 가도 당황하지 않고 얌전히 잘 있는 편이다.

영역 동물인 고양이에게서는 쉽게 찾아볼 수 없는 모습인데, 어떤 분이 댓글로 써주신 것처럼 다홍이의 영역은 '박수홍'이기 때문에 내가 있는 곳이라면 안정을 찾는 모양이다.

어쨌든 다홍이는 스케줄을 무리 없이 소화한다. 단, 활동 시간은 지켜주길 원한다. 열심히 촬영에 임하다가도 일정 시간이 지나면 카메라는 쳐다보지도 않고 그냥 자버린다. 직장인들처럼 다홍이에게도 참아낼 수 있는 노동 시간이 있는 모양이다.

"어떠세요, 회장님? 이번 스케줄은 가능하시겠습니까?"
"야옹!"
"유튜브 영상도 일주일에 두 번, 괜찮으시겠어요?"
"야우웅!"

나의 물음에 고민하던 다홍이가 흔쾌히 대답했다. '진행시켜!'

출동! 랜선 집사

다홍이 신경 많이 써주세요!
안 그럼 제가 데려갈 거예요 ㅇㅅ<♡

진짜 저 미모 어쩔 거야……. 심장 아파 ㅠㅠㅠㅠㅠ
다홍이 저 대신 많이 사랑해주세요!

다홍아, 이모한테 와! 버스정류장에서 기다릴 테니까
버스 타고 오렴!

진짜 너무 귀엽다 ㅠㅠㅠ 다홍이 훔쳐 갈래~! 뿌앵 ㅠㅇㅠ

형아 통장 다홍이를 위해 준비했다.
수홍 아빠 버리고 형한테 와!

유튜브 채널과 인스타그램 계정에 달린 댓글들을 읽으며 혼자 키득거리곤 한다. 어느 순간부터 기하급수적으로 늘어난 유튜브 구독자 수와 인스타그램 팔로워 수에 비례하여 다홍이 랜선 집사를 자처하는 분들이 정말 많아졌다.

그분들이 남긴 댓글들이 하나같이 정말 재미있고 또 사랑스러운데, 가끔 걱정되기도 한다. 긴장될 때도 더러 있다. 랜선 집사님들을 만족시킬 만큼 다홍이를 아끼고 사랑해줘야 하는데, 내가 지금 잘하고 있는지 확신이 안 서기 때문이다.

내가 부족해서 랜선 집사님들이 다홍이를 진짜 데려가면 어쩌지?

그럴 일은 없겠지만 랜선 집사님들의 애교 섞인 협박에 괜한 생각이 들어서 나도 모르게 침을 꼴깍 삼킬 때도 있다. 이런 내 마음도 모르고 태평하게 자고 있는 다홍이를 힐끔 쳐다본다.

다홍이를 사랑하는 분들을 위해 열심히 노력해야 할 터였다. 다홍이는 이제 나만의 고양이가 아니니까. 나 혼자 다홍이를 키우는 게 아니라 랜선 집사님들과 공동육묘(?) 중이니까.

"다홍아, 아빠가 정말 잘할게. 그러니까 버스 타고 다른 이모 집 가면 절대 안 된다?"
"애옹?"

걱정 가득한 나의 말에 자다 깬 다홍이는 황당하다는 듯 웅얼거렸다. 자다가 웬 봉창 두드리는 소리냐홍? 그렇게 말하는 것만 같다.

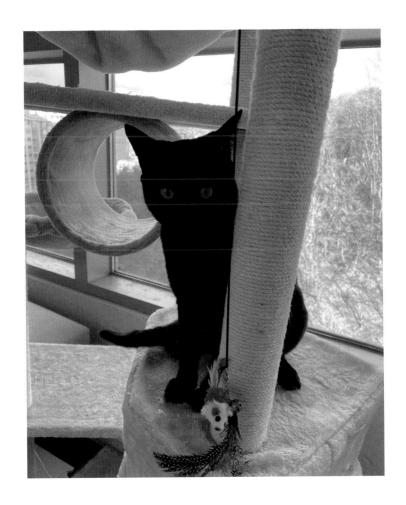

06

꼭꼭 숨어라,
솜방망이 보일라!

요즘 다홍이와 내가 푹 빠져 있는 놀이가 있다. 바로 숨바꼭질이
다. 방법은 아래와 같다.

STEP 1. 다홍이를 피해 구석진 곳으로 숨는다.

STEP 2. 다홍이가 찾으러 올 때까지 얌전히 기다린다.

STEP 3. 내가 없어진 걸 알아챈 다홍이가 우다다 뛰어다니며 나
를 찾는다.

STEP 4. 다홍이가 근처까지 다가오면 "우왕!" 하고 소리치며 나
타난다.

STEP 5. 반대로 다홍이가 숨기 위해 도망간다.

STEP 6. 잠시 기다려주었다가 다홍이를 찾아다닌다.

　숨어 있는 나를 찾아내면, 좋다고 "야옹!" 하고 외치는 다홍이는 정말 죽을 만큼 귀엽고 사랑스럽다. 그럼 난 또 그 모습이 보고 싶어서 다시 다홍이를 찾아 헤맨다.

"우리 다홍이 어디 있을까? 다홍이 잡아야지!"
"애오오옹!"

　옷방 안에 꼭꼭 숨어 있던 다홍이가 내 앞에 폴짝 뛰어 나타난다. 아이고, 여기 있네! 어설픈 연기를 선보이자 다홍이도 야옹야옹 울어댄다.

또 하자홍! 너무 재미있다홍!

숨바꼭질을 몇 번 반복하다 보면 다홍이 눈에서 반짝반짝 빛이
난다. 신나서 동공이 확장된다. 꼬리는 위로 바짝 들리고 목소리 톤
은 한층 높아진다. 재미있어서 어쩔 줄 몰라 하는 게 느껴진다.

그래. 다른 게 행복이겠니?
네가 즐거워하면 아빠에겐 그게 행복이지!

오늘도 나는 다홍이와 끝나지 않는 숨바꼭질을 하며 행복을 만
끽한다.

검은 고양이의 진실

"검은 고양이는 불길해!"

다홍이를 처음 데려왔을 때부터 귀에 딱지가 앉도록 들은 말이다. 도대체 왜, 언제부터 그런 말도 안 되는 소문이 생겼는지 모르겠다. 실제로 검은 고양이와 함께 지내다 보면 근거 없는 낭설임을 알텐데 말이다. 그래서 검은 고양이에 대한 몇 가지 오해를 해명해보고자 한다.

검은 고양이는 사교성이 부족하다?

절대 그렇지 않다. 예전에 어떤 책에서 봤는데, 검은 고양이는 털색깔 때문에 다른 고양이보다 더 친화적인 성격으로 진화했다고 한다. 검은색이라서 비교적 눈에 안 띄어 위험에 노출될 확률이 적기 때문이라고 한다. 그래서 사람에 대한 경계심이 다른 고양이보다 덜하다.

이런 습성 때문에 검은 고양이들은 대체로 순하고 친근감을 많이 표현하는, 그래서 인간과 오랫동안 공생할 수 있는 고양이다. 사교성이 부족하다고? 도대체 왜 그런 소문이 났는지 도통 모르겠다.

검은 고양이를 만나면 안 좋은 일이 생긴다?

검은 고양이에 대한 오해 중 나는 이게 제일 어이없고 황당하다. 나쁜 일이 생겼다면 그건 자신이 과거에 저지른 잘못에 대한 대가를 치르는 것이다. 단지 그 타이밍에 우연히 검은 고양이가 등장했을 뿐. 괜히 안 좋은 일이 생기니 사람들이 검은 고양이에게 그 분풀이를 하는 것이다.

그리고 나는 개인적으로 검은 고양이가 착한 사람을 알아보고 지켜준다고 믿는다. 다홍이가 내게 했듯이 말이다. 그 말인즉슨, 누군가를 괴롭히고 있던 나쁜 사람들에게는 좋지 않은 일일 수 있다는 것이다. 지금까지처럼 착한 사람을 마음대로 휘두르지 못하게 되자 자기에게 나쁜 일이 생겼다고 여길 수 있으니 말이다. 그러니까 그런 말이 나온 게 아닐까? 평생 죄짓고 살지 않은 사람들에게 검은 고양이는 행운의 상징일 뿐이다.

검은 고양이는 폭력적이다?

칠흑처럼 어두운 털빛, 어둠 속에서 반짝이는 노랗고 파란 두 눈 때문일까? 검은 고양이를 유독 무서워하는 분들이 많다. 영화 속에서 불길한 상징으로 종종 등장한 까닭에 검은 고양이가 폭력적일 거라고 오해하시는 분들도 더러 있다.

하지만 앞에서 설명했듯이 검은 고양이는 천성적으로 그 어떤 고양이보다도 순하고 착하다. 특히 우리 다홍이는 처음 만난 순간부터 지금까지 공격성을 보인 적이 거의 없다. 그 대상이 인간이든 동물이든 마찬가지다. 딱 한 번, 오마이걸 승희 씨의 고양이 '마샹이'에게 하악질을 한 것이 전부다. 아직 너무 어린 동생이라 귀찮아서 살짝 성질을 낸 듯싶다. 그 일 외에는 누군가에게 화를 낸 적도 없고 물거나 할퀸 적도 없다. 내 두 팔이 그 증거다.

검은 고양이에 대한 이런저런 말들이 많지만, 실상은 그렇지 않다는 것을 많은 분들이 알아주셨으면 좋겠다.

검은 고양이의 매력에 빠져, 빠져, 모두 빠져버려!

실타래 대소동

최근 몰려드는 스케줄로 지칠 대로 지친 나는 이른 저녁부터 잠이 들었다. 그러다 새벽 1시쯤 일어나 물을 마시려고 방에서 나왔는데, 거실 한쪽에서 웅크리고 있는 다홍이가 눈에 들어왔다.

"다홍아, 너 거기서 뭐하…… 다홍아? 다홍아!"

제대로 숨도 쉬지 못하고 꺽꺽거리는 다홍이를 보자 가슴이 철렁 내려앉았다. 잠들기 전만 해도 멀쩡했던 애가 왜 이러는지 알 수가 없었다.

주변을 살펴보니 아무렇게나 나뒹굴고 있는 장난감 하나가 시야에 걸렸다. 장난감과 연결된 실이 없어진 걸 보니 그걸 삼킨 모양이었다. 축 늘어진 다홍이를 안고 발만 동동 구르던 나는 뒤늦게 정신을 차리고 곧장 동물병원으로 향했다.

"예상하신 것처럼 실타래를 삼킨 것 같습니다. 구토를 유발해서 토해내게 하는 방법밖에 없어요."

상황이 급박해서 더 망설일 여유 따윈 없었다. 의사 선생님은 다홍이에게 진정제와 구토를 유발하는 주사를 투여했다. 혹시나 혈전이 생기면 막을 수 있는 약도 더했다.

날카로운 주삿바늘이 연달아 찔러대자 다홍이는 고통에 몸부림치며 싫다고 울어댔다. 다홍이가 그렇게 우는 건 처음 본 터라 안쓰러워 심장이 찢어지는 듯했다. 눈물이 뚝뚝 흘러내렸다.

도대체 내가 무슨 짓을 한 거야.

모든 것이 다 내 잘못 같았다. 왜 그런 장난감을 사뒀을까? 다홍이 혼자 있을 때는 장난감을 다 치워뒀어야 했는데 왜 그러지 않았을까? 내 사주 때문에 다홍이가 잘못되기라도 한다면? 나 때문에 죽기라도 한다면?

다홍이가 치료를 받는 동안 난 정말 제정신이 아니었다. 다홍이를 제대로 돌보지 못한 스스로를 탓하며 눈물만 계속 쏟아냈다. 다홍이 없는 삶은 이제 상상도 할 수 없는데, 그렇게 될까 봐 겁이 났다. 그렇게 홀로 자책하며 괴로워하던 중에 다행스럽게도 다홍이는 실타래를 토해냈다. 또 다른 문제는 없는지 확인하고 다시 집으로 왔을 때 어느덧 새벽 5시가 되어 있었다.

힘없이 잠만 자는 다홍이 옆에 앉아 조심스럽게 손을 뻗어 머리부터 등까지 부드럽게 쓰다듬었다. 손바닥에 닿은 따뜻한 체온이 느껴지자 비로소 안도의 한숨이 새어 나왔다. 다홍이가 무사하다. 그 사실 하나만으로도 난 세상을 다 가진 느낌이었다.

"미안해, 다홍아. 아빠가 앞으로 더 잘할게. 우리 다홍이 아픈 일 없도록 할게."

울먹거리며 속삭이자 다홍이가 감았던 눈을 뜨고 날 빤히 쳐다보았다. 그리고 천천히 두 눈을 천천히 깜빡였다.

미안해하지 말라홍. 난 괜찮다홍.
아빠 놀라게 해서 내가 더 미안하다홍.

나를 위로하는 듯한 그 모습에 괜히 또 눈물이 났다. 다홍이에게 더 잘해야겠다고 다짐한 순간, 새벽을 밝히는 해가 떠오르고 있었다.

Home Sweet Home

일련의 사건들을 겪고 나니 모든 것을 정리한 뒤 새롭게 출발하고 싶다는 마음이 들었다. 그래서 본격적으로 집을 알아보기 시작했다. 새 출발에 이사만큼 어울리는 일도 없으니 말이다.

하지만 마음에 쏙 드는 집을 만나기란 생각보다 쉽지 않았다. 생애 처음 스스로 집을 알아보는 것이라 모든 것이 어려웠다. 다홍이까지 고려해야 하니 더욱더 그랬다. 욕심 같아서는 다홍이가 마음껏 뛰어놀 수 있는 마당이 딸린 집을 구하고 싶었지만, 사정이 여의치 않았다.

마당은 없지만 다홍이와 살기 좋은 집을 찾았다 싶으면 예산을 초과했다. 예산에 들어온다 싶으면 집이 마음에 들지 않았다. 이러다가 이사는 글렀다 싶어 포기하고 있을 때 지금의 집을 만났다.

리모델링을 한 지 얼마 되지 않은 화이트 톤의 예쁜 집이었다. 위치도 좋았고, 베란다가 여러 개 있어 넓은 창을 통해 다홍이가 밖을 구경하기에도 안성맞춤이었다. 무엇보다 집주인이 정말 좋은 분이셨다.

"이게 누구야? 아이고, 수홍 씨! 정말 반가워요."

주인 분께서는 나를 알아보고는 다정하게 꼭 안아주셨다. 심지어 내 사정을 알고 계셨던 그분은 감사하게도 집세를 원래보다 낮춰주셨다.

처음 보는 분이 건네는 따뜻한 위로의 한 마디와 소중한 친절에 나도 모르게 눈물이 핑 돌았다. 다른 집은 더 볼 것도 없었다. 이 집에서는 조금이라도 더 행복하게 살 수 있을 거라는 희망을 품고 망설임 없이 계약을 진행했다.

그렇게 이사가 결정된 날, 내 머릿속에는 다홍이 걱정밖에 없었다. 주변 집사들이 이사할 때마다 새로운 집에 아이들을 적응시키느라 진땀 빼는 모습을 많이 봐왔기에 다홍이도 혹시나 그러지 않을까 염려스러웠다.

다홍이가 받을 스트레스를 최소화하기 위해 이사하기 전까지 만반의 준비를 끝냈다. 인터넷으로 동물과 함께 이사할 때 주의할 점을 수시로 검색해 보았고, 주변 집사들에게 자문하거나 동물병원 의사 선생님에게 조언을 구하기도 했다. 그리고 다홍이가 쉽게 적응할 수 있도록 우리 둘의 냄새가 잔뜩 밴 물건들을 먼저 새집으로 보냈다.

드디어 대망의 이사 날이 되었다. 나는 긴장되는 마음으로 다홍이와 함께 우리의 새 보금자리로 향했다. 아무리 적응 잘 하는 다홍이라도 낯선 공간에 처음 왔으니 30분 정도는 구석에 숨으리라 예상하며 이동장 문을 열었다. 그러자 의외의 상황이 벌어졌다.

"야옹!"

내 예상과 달리 다홍이는 너무나도 빨리 새로운 집에 적응했다. 꼬리를 바짝 들어 올린 채 당당하게 집안을 거닐기도 하고, 반짝반짝 눈을 빛내며 새로운 물건들을 탐색하기도 했다. 심지어 소파에 드러누워 이사 때문에 들락날락하는 수많은 사람을 가만히 지켜보기도 했다.

"다홍아, 이게 무슨 일이야? 왜 이렇게 적응을 빨리해?"

나의 질문에 다홍이는 뭘 이런 걸로 놀라냐는 듯 무심한 눈빛으로 날 쳐다보았다. 그러고는 내게 다가와 언제나 그랬듯이 다리 사이를 빙글빙글 돌며 야옹야옹 울어댔다.

다홍이의 영역은 수홍 아빠 옆인 것 같아요!

어떤 분이 댓글로 남겼던 말이 불현듯 떠올랐다. 정말로 다홍이는 나만 옆에 있다면 세상 어느 곳을 가도 괜찮은 모양이다. 나는 다홍이를 보며 짧게 웃은 뒤 녀석을 부드럽게 쓰다듬었다.

"우리 앞으로 이곳에서 행복하게 살자, 다홍아!"
"야옹!"

내 말을 알아들은 듯한 다홍이가 또 한 번 우렁차게 대답했다.

10

새로운 용기

이제는 아침에 눈을 뜨면 다홍이가 내 옆에 있는 것이 너무나 당연해졌다. 내가 일어난 것을 확인하고는 반갑게 "야옹!" 하며 엉덩이를 들이미는 모습도 이제는 전혀 낯설지 않다. 한 곳에서 다정히 잠드는 것도, 같이 밥을 먹는 것도, 동일한 화장실을 사용하는 것도, 나란히 TV를 보는 것도 내겐 너무나 당연한 일상이 되어버렸다.

하루 패턴이 비슷하고 늘 함께하는 것이 익숙하다 보니 이제는 상대방의 눈빛만 봐도 무엇을 원하는지 안다. 다홍이는 나의 작은 몸짓만으로도 내가 무엇을 할지 알아채고, 난 다홍이의 울음소리만 들어도 녀석이 무엇을 찾는지 눈치챈다.

영혼의 동반자.

그래. 다홍이와 나는 서로에게 영혼의 동반자임이 분명하다. 우리는 서로를 사랑하고 있음을 너무도 잘 안다. 하루하루가 즐겁고 또 행복하다. 내 삶의 모든 것이라 할 수 있는 다홍이를 가족으로 맞이하지 않았다면 어땠을까? 감히 상상하고 싶지도 않다.

처음에는 나도 다홍이를 받아들일까 말까 망설였다. 고작 하룻밤이지만 다홍이를 다른 곳으로 입양 보내기도 했더랬다. 나는 그 순간을 지금도 제일 후회한다. 과거의 나를 만날 수만 있다면 왜 그랬냐고 잔소리를 퍼붓고 싶을 정도다.

약간의 변명을 해보자면, 그때의 나는 새로운 사랑을 받아들일 용기가 없었다. 진짜 사랑을 받아본 적도 없고 누군가에게 사랑을 베푼 적도 없는 모자라고 부족한 사람이었다.

하지만 이제는 안다. 부족한 사람이라도 사랑을 할 수 있다. 영혼의 동반자를 만날 수 있다. 필요한 건 새로운 사랑을 받아들일 용기다. 두려워하지 않으면 새로운 인생이 펼쳐진다는 것을 다홍이를 통해 배우고 있다.

　다홍이가 오기 전 나의 삶은 고요하기만 했다. 특별한 일도 없었고, 크게 웃으며 즐거워할 일도 없었다. 그저 하루하루가 똑같은, 별다른 것 없는 조용한 삶이었다.

　하지만 고즈넉하기만 하고 아무 일도 생기지 않는 것이 진짜 인생일까? 나는 그렇게 생각하지 않는다. 누군가와 살을 맞대며 싸우기도 하고 좋은 일에 기뻐하며 웃기도 하는 것이 진짜 삶이지 않을까? 다홍이가 내게 알려준 것은 바로 그런 인생의 희로애락이다. 새로운 사랑을 받아들인 결과, 나는 새로운 인생을 살고 있다.

11

너와 함께하는 사계절

바쁘게 일만 하느라 시간이 어떻게 흐르는지도, 계절이 언제 바뀌는지도 모른 채 살아온 나날이었다. 하지만 다홍이와 함께한 뒤로는 사계절의 소중함을 알게 되었다.

'계절의 여왕'이라고도 하는 봄은 다홍이가 가장 좋아하는 계절이다. 만물이 소생하는 시기답게 거리에 풀 냄새, 나무 냄새, 흙냄새가 가득한데, 다홍이는 이런 냄새들을 맡는 걸 정말 좋아하기 때문이다.

특히 나와 드라이브를 떠날 때면 코를 벌름거리면서 살짝 열린 창문 틈으로 들어오는 봄 냄새를 맡기 바쁘다. 다홍이의 이런 모습을 보고 있노라면 진짜 봄이 왔구나 싶어 나도 모르게 미소 짓게 된다.

　여름은 다홍이도 힘들어하는 계절이다. 사막 출신이라고 알려진 고양이들은 다른 동물들에 비해 비교적 더위를 덜 탄다고는 하지만, 멈출 줄 모르고 치솟는 온도를 당해내기란 어려운 일이다.

　무더위가 찾아오면 다홍이는 봄까지 사용했던 푹신한 소파에서 내려와 서늘한 대리석 쪽으로 자리를 잡는다. 거기서 기분 좋다는 듯 뒹굴고 있는 녀석을 보면 나까지 시원해지는 기분이 든다.

　유난히 힘든 여름을 떠나보내고 가을이 찾아오면 다홍이의 활동량은 다시 늘어난다. 다른 고양이들과 달리 산책을 좋아하는 다홍이를 위해 아파트 단지 내의 작은 휴게 공간을 즐겨 찾는데, 가을에 특히 더 많이 가는 편이다.

　사방이 막혀 있기에 안전한 그곳에서 다홍이는 마음껏 가을 냄새를 맡는다. 내 눈에도 다홍이가 좋아하는 것이 보인다. 그렇게 실컷 놀다가 집에 오면 여름 내내 멀리했던 푹신한 소파 위에 자리를 잡고 푹 쉬는 다홍이를 보며 나는 가을을 느낀다.

다홍이에게 겨울은 곧 눈이다. 가을에 나를 만난 다홍이는 그해 겨울, 처음으로 눈을 보았다. 소복소복 쌓인 눈을 보며 두 눈을 동그랗게 뜨고 신기해하던 다홍이의 모습이 아직도 눈에 선하다.

다홍이는 눈을 보는 것도 좋아하지만, 밟는 것도 정말 좋아한다. 우리의 아지트인 휴게 공간에 눈이 쌓이면 신이 나서 사박사박 밟고 다닌다. 눈이 녹으면 물이 되는 것도 알고 있으나 개의치 않는다. 기본적으로 목욕도 잘하는 아이라서 발에 눈이 묻어도 대수롭지 않은 모양이다.

그렇게 실컷 놀다가 집에 오면 다홍이는 내 옆에 찰싹 달라붙는다. 서로의 체온을 나눌 수 있는 겨울이 나는 정말 좋다. 다홍이와 함께했던 사계절이 전부 다 소중하다. 다홍이는 나의 계절이다.

12

벌써 2년

작고 말라서 위태로워 보이던 검은 고양이를 처음 만났던 게 엊그제 같은데, 어느덧 2년이라는 시간이 훌쩍 지났다. 짧다면 짧고, 길다면 긴 세월 동안 다홍이와 함께한 순간순간이 정말 즐겁고 소중하다.

지금까지 살면서 가장 많이 아팠고, 동시에 다홍이 덕분에 많이 웃어서 행복한 날들이었다. 한 침대에서 같이 잠들고 살 부대끼며 밥을 먹고 눈을 바라보며 소통하는 일들이 얼마나 중요한지 다홍이를 통해 깨달았다. 진짜 가족, 진짜 식구가 무엇인지 알게 된 계기이기도 했다. 그날 낚시터에서 다홍이를 만난 것이 내 인생에서 가장 큰 전환점이 되었다.

　삶을 바라보는 시선도 많이 변했다. 예전에는 그저 하루하루를 흘려보내기만 했다면, 이제는 조금 더 의미 있는 시간으로 나의 하루를 채우고 싶어졌다.

　동물에 대한 생각도 완전히 바뀌었다. 예전에는 길거리를 헤매고 있는 강아지나 고양이를 봐도 별생각 없이 지나갈 때가 많았다. 그냥 관심이 없었다. 그런데 다홍이를 키우고 나서 동물, 그중에서도 고양이가 얼마나 순수한 존재인지 알게 되었다. 그래서 구원의 손길을 간절히 기다리는 생명들에게, 다홍이처럼 거리를 헤매고 있는 아이들에게 도움이 되고 싶었다.

'국경 없는 수의사회' 활동에 참여한 것도 그런 이유에서였다. 홍보대사 제안도 흔쾌히 받아들였다. '중성화 프로젝트'와 같은 좋은 일에도 참여했다. 다홍이와 함께 활동하면서 얻은 수익 중 일부를 기부하기도 했다. 누군가에게는 별것 아닌 활동일지 몰라도, 내게는 참으로 의미 있고 값진 일이었다. 영혼이 풍족하게 채워지는 기분. 그것을 다홍이와 함께하면서 처음으로 느꼈다.

만약 내게 그런 능력이 생긴다면 훗날 우리나라에서 가장 좋은 반려동물 보육원을 설립하고, 입양 시스템을 활성화하기 위한 애플리케이션을 개발하고 싶다. 이러한 새로운 꿈을 꿀 수 있게 된 것도 다 다홍이 덕분이다.

고양이는 영물이야.

어른들이 괜히 그렇게 말씀하신 건 아니라고 생각한다. 고양이는 누구보다도 순수한 영혼으로 사람들의 아픈 마음을 다독여주고 치료해주는 존재가 아닐까? 다홍이가 내게 그랬듯이 말이다.

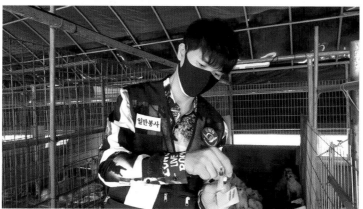

다홍's 레시피
사과 게살 단호박 스프

재료

사과 ½개, 당근 ½개, 단호박 ½개, 게 한 마리, 올리브유 조금, 물 조금

만드는 방법

❶ 냄비에 게와 단호박을 넣고 푹 쪄주
세요.

❷ 게와 단호박이 익는 동안 껍질을 벗
긴 사과와 당근을 잘게 썰어주세요.

❸ 팬에 올리브유를 살짝 두른 뒤 ②를
넣고 볶아주세요.

 ❹ 잘 익은 단호박의 속을 파서 부드럽
게 으깬 뒤 물을 넣어 저어주세요.

 ❺ 찐 게의 살도 잘 발라 그릇에 담아
주세요.

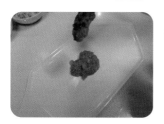 ❻ ④에 ③을 더해 잘 섞은 뒤 그릇에
적당량 올려주세요.

 ❼ 마지막으로 ⑥에 게살을 듬뿍 올려
주면 끝!

너무
맛있다옹!

에필로그

어둠 속에서 우연히 발견한 빛

길 위에서의 삶은 참 거칠고 외로웠다홍. 무서운 어른 고양이들은 내가 다가가기만 하면 겁을 줬고, 사람들은 내가 까매서 싫다며 발길질을 해댔다홍. 먹을 것이 없어서 쓰레기를 뒤지기 일쑤였고, 안심하고 잘 곳도 마땅치 않아 뜬 눈으로 밤을 지새운 적도 많았다홍. 비라도 내릴 때면 너무 춥고 서러워서 눈물이 난 적도 있었다홍.

그러던 와중에 아빠를 만났다홍. 사람들은 날 보면 재수 없다고 욕부터 하는데, 아빠는 그저 가만히 서서 날 보기만 했다홍. 그런 아빠가 왠지 남처럼 느껴지지 않았다홍. 아주 오래전부터 알던 사람인 것 같았다홍.

그래서 먼저 용기를 내어 다가갔다홍. 그랬더니 아빠가 따뜻한 손길로 날 만져주고 안아주었다홍. 넓은 품에 안기는 순간 포근한 냄새가 나서 왠지 모르게 마음이 편안해졌다홍. 그러다 문득 이런 생각이 들었다홍.

아, 이 사람이 내 가족이 되겠구나!

나를 바라보는 아빠의 눈에서 따뜻함을 느꼈기 때문일까홍? 아니면 날 어루만지는 아빠의 손길이 유독 부드러웠기 때문일까홍? 처음 본 사람인데, 그냥 한 번 눈인사를 나눴을 뿐인데도 그런 근거 없는 확신이 들었다홍.

아니, 근거는 있었다홍! 아빠랑 나랑 인연의 끈으로 엮인 사이인 것만 같은 기분이 들었기 때문이라홍. 오늘 처음 봤지만, 왠지 우리는 전생에서 서로 알던 사이였던 것 같았다홍. 그래서 날 데려가 달라고 아빠를 향해 야옹야옹 계속 울었다홍. 그런 내 말을 아빠가 알아들은 걸까홍? 아빠는 날 차에 태우고 집으로 데려갔다홍.

아빠랑 있으면 모든 게 다 좋았다홍. 아빠는 날 따뜻한 집으로 데려가 깨끗하게 씻겨주었고, 맛있는 것도 많이 주었다홍. 무엇보다 날 예뻐해주고 애정이 가득 담긴 손길로 쓰다듬어주는 것이 가장 좋았다홍. 아빠와 함께한 모든 순간이 즐겁고 행복해서 콧노래가 절로 나왔다홍. 아빠도 나랑 있으면 즐겁다고 항상 웃어주었다홍.

불과 얼마 전만 하더라도 길에서 눈칫밥 먹으며 정말 힘들게 생활했는데, 그 시간들이 전부 다 꿈인 것만 같다홍. 내가 이렇게 평온하고 행복하게 살 수 있는 건 전부 아빠 덕분이라홍. 내 인생에서 가장 큰 행운은 바로 아빠라홍. 나를 가족으로 받아들여준 아빠가 정말 고맙다홍.

나에게 세상 그 무엇보다도 소중한 아빠가 최근에 많이 힘들어해서 내 마음도 참 아팠다홍. 아빠가 밤마다 잠들지 못하고 계속 한숨을 내쉬었다홍. 또 화를 잘 내지 않는데, 혼자 막 소리를 지르고 샤워하러 들어가서는 엉엉 울기도 했다홍. 원래는 내가 옆에 다가가면 막 쓰다듬고 그랬는데, 그 당시에는 옆에 다가가도 날 만지지 않았다홍. 그 모습이 너무 안쓰러웠다홍.

그런 아빠를 위해 내가 할 수 있는 건 별로 없었다홍. 그냥 아빠 옆에 있어주고 손이나 팔을 핥아주는 게 전부였다홍. 가끔 힘들어서 멍하니 누워 있는 아빠 곁으로 다가가 어서 자라고 눈을 깜빡여주기도 했다홍. 다행히도 내가 그러면 아빠는 마음이 편해지는지 잠을 조금 청하더라홍.

다행히도 요즘 아빠는 많이 괜찮아진 것 같다홍. 이제는 내 앞에서 울지 않는다홍. 씩씩하게 밥도 먹고 나랑 재미있게 놀며 환하게 웃을 때도 많다홍. 그런 아빠를 보며 나는 속으로 안도의 한숨을 내쉰다홍.

"다홍아, 널 만난 건 내 인생에서 가장 큰 축복이야"

아빠는 가끔 날 끌어안고 이렇게 말해준다홍. 그럼 나도 맞다고 야옹야옹 대답을 한다홍. 처음 아빠를 만난 것이 우연이라고 생각했는데, 이제는 필연이라고 생각한다홍. 아빠와 난 이토록 서로를 사랑하니 결국 만날 운명이었다홍.

아빠 덕분에 누구보다 행복한 삶을 사는 내게 소원이 딱 하나 있다홍. 바로 아빠가 더는 힘들지 않고 행복했으면 하는 것이라홍. 그런데 난 아빠를 행복하게 만드는 방법을 이미 알고 있다홍. 바로 내가 건강하게 지내는 것이라홍! 그래서 운동도 열심히 하고 이도 잘 닦고, 저번처럼 위험한 걸 삼키지도 않을 거라홍. 그래야 우리 아빠가 행복하니까홍!

그러니 아빠도 건강 잘 챙기고 담배 너무 피우지 말았으면 좋겠다홍. 내 앞에서 담배 끊는다 해놓고 얼마 전에 또 걸렸다홍. 새 집으로 이사도 했으니 담배도 끊고 건강했으면 좋겠다홍. 아빠가 더 웃을 수 있게, 행복할 수 있게 난 최선을 다할 것이라홍. 아빠, 정말 사랑한다홍!

ⓒ 검은 고양이 다홍 2021

초판 1쇄 발행 2021년 8월 11일
초판 2쇄 발행 2021년 8월 25일

지은이 박수홍, 박다홍
펴낸이 박성인

책임편집 강하나
편집 김희정, 이다현
마케팅 김멜리띠나
경영관리 김일환
디자인 Desig 신정난
사진 studio jane 최재인

펴낸곳 허들링북스
출판등록 2020년 3월 27일 제2020-000036호
주소 서울시 강서구 공항대로 219, 3층 309-1호(마곡동, 센테니아)
전화 02-2668-9692 **팩스** 02-2668-9693
이메일 contents@huddlingbooks.com

ISBN 979-11-91505-05-4(03810)